JN035584

# 土方歳三

## 炎の生涯

広瀬るみ

22世紀アート

市立函館図書館蔵

# 目次

第一章……5
多摩の剣士……5
新選組の誕生……32
池田屋騒動……70
壬生の鬼……80
第二章……125
動乱の予感……125
鳥羽伏見の戦い……184
永遠の別れ……194
傷心の日々……215
再　起……233
蝦夷に死す……265
**参考文献**……293
**あとがき**……297

# 第一章

## 多摩の剣士

時は文久元年五月。

多摩の田舎道をさっそうと一人の剣士が歩いている。田舎道の傍らでは小川のせせらぎや小鳥の囀りが聞かれ、さらに蓮華草の花が美しく咲き乱れている。にもかかわらず、男は美しい自然の営みには目もくれずに道を急いでいる。一心不乱に目指すは多摩小野路《おのじ》村の小島家道場。無駄なことをしない主義のこの男は小島家の門をくぐっても立ち止まらず、どんどん母屋の玄関先まで来てようやく声を発した。

「御免！」

「は～い」

家の中から小太りの娘が威勢よく飛び出してきた。

「本日、近藤周助先生より指南役を申しつかって参りました土方歳三です」

男は口速にこう言うとにこやかな表情をつくった。

「まあ、土方先生。初めまして。お噂は天然理心流の先生達よりうかがっておりました。さあ、皆さんお待ちかねです」

娘はこう言うなり頬を赤らめた。目の前の男が色白で役者のように端正な顔立ちをしていたからである。娘は内心、意外に思いながら歳三を道場に案内した。道場ではすでに十五人ほどの剣士が身支度を整えて新参の先生を今か今かと待ちわびていた。

《天然理心流《てんねんりしんりゅう》は、近藤内蔵之助長裕《くらのすけながひろ》が寛政の頃に創始した流派である。当初江戸両国薬研堀《やげんぼり》に道場があったが、三代目近藤周助の代に市ヶ谷甲良屋敷《いちがやこうらやしき》に移され試衛館と呼ばれた。周助はそれまで江戸、八王子が中心であった天然理心流を広い地域、すなわち日野、府中、布田、町田、相模原方面に伝えた。門人は、豪農、名主層が多く江戸からの出稽古も活発に行われた。例えば日野宿の寄場名主《よせばなぬし》佐藤彦五郎や小野路村の寄場名主小島鹿之助は熱心な支援者で、自宅に道場を構えて門人を育成した。多摩小野路村（現町田市）を例にとると、嘉永元年（一八四八）から周助自身が、安政四年（一八五七）頃からは沖田総司《そうじ》が土方歳三、近藤勇《いさみ》、山南敬助《やまなみけいすけ》を補佐としてしばしば教授に訪れている。土方歳三は姉のぶの嫁ぎ先である佐藤彦五郎家にて近藤勇と出会い、天然理心流に入門した》

初めて見る若い先生に好奇の目を向ける剣士達にはかまわず歳三は手早く身支度を済ませた。

「土方歳三と申します。剣術は日野にて修業を積みました。とはいっても私自身まだ修業中の身です。以後よろしく」

剣士達に一礼すると早速稽古が始まった。優しそうな容貌に違わず懇切丁寧な指導をする。初心の弟子には熱心に型を稽古させた。

「力まずに何度も繰り返すことが大事なんだよ」

相手によっては竹刀で乱撃稽古を行った。半時ほども経つと顔面汗だくとなり、やがて汗のため目がかすむほどとなった。

稽古が済んで面をはずすと当主の小島鹿之助が戸口に姿を現した。

「やあ、土方君、ごくろうであった。さあ、茶菓子の用意をさせるからしばらく休んでいきたまえ」

鹿之助は、居間に歳三を招じいれると娘に茶菓子の用意を命じた。

「土方君、君の事は近藤勇殿よりかねがねうかがっておりました。天然理心流に入門して随分腕を上げたとか。ところで兄さん達は達者かね？」

「兄の喜六が病で伏しているのがこのところ気がかりです」

「ほう、それは初耳でござる。とにかく近頃は物騒でいけないよ。押し込み強盗の話も随分よく聞くし、なにもかにも御政道を卑しめる不逞な輩のなす仕業だ。これからは、剣が物を言う時世だよ。君もますます剣の力を磨いて世の中に押し出していかねば」

鹿之助がここまで言ったところで娘が茶菓子を運んできた。鹿之助は茶を口に含むとさらに続けた。

「そうそう。前回の出稽古は沖田君の番だったけれど荒稽古がひどいね。初心の者にもいやおうなしに打ち込むものだから嫌がる者もいるほどだ。まあ君といい沖田君といい、会う度に太刀筋が良くなってきてこれからますます楽しみだね。これは、今回の謝礼だが」

こう言って袂より袱紗《ふくさ》包みを取り出した。

「先生！　それは、御辞退申しあげます。私の祖母と先生の祖父とは姉弟です。謝礼は戴かなくても結構です。それとこれは実家の薬ですが、打ち身と風邪に効くものを置いていきます」

歳三は茶菓子には手をつけずに立ち上がった。

「私はこれから急ぎの用がありますので、これにて失礼いたします」

歳三は、竹刀を片手で引き寄せると鹿之助に軽く会釈してその場を辞した。屋敷の門を去る歳三の背中を小島家の娘がじっと見つめていたのだが、当の本人は知る由もなかった。

ここは日野の佐藤彦五郎邸。源之助は、竹刀を持ち出して玄関前で素振りの稽古に余念がない。そばで弟の力之助が羨ましそうに眺めている。源之助は佐藤彦五郎の長男でこの時十歳。竹刀は父彦五郎に買ってもらった江戸土産である。父の彦五郎は近頃、源之助に向かってこう言った。

「源之助よ。お前もそろそろ天然理心流に正式に入門してはどうかな。今度、近藤勇先生が出稽古に来られたらお前を見てもらおう」

源之助は張り切った。暇さえあれば、庭に降り立って素振りしたり、見よう見まねで覚えた刀法を稽古した。毎朝、彦五郎邸の道場には近在の剣士が多数集まってきて汗を流す。

〈早く門人の一人となって皆と一緒に稽古したい〉

源之助の心ははやる。

「えい、やあ」

庭の松の木を相手に掛け声も勇ましく竹刀を振り回していると、歳三が長屋門をくぐって戻って来た。

「おい源之助、やってるな」

歳三は源之助を一瞥すると母屋に消えた。


歳三叔父さんは、僕が物心ついた時から家に居た。たいていは家に居てほとんど家族同然である。母のぶは、叔父さんの生まれた家は石田村にあるけれど、剣の修業のために僕の家に寄宿しているのだと言う。歳三叔父さんの一日は朝起きて洗面を済まし、太い木刀を素振りすることから始まる。僕が傍らで見ていても気にも留めない。それから父彦五郎と朝飯をとる。この時の話題は政治か剣豪の話だ。七年前「あめりか」という国から黒船が浦賀にやって来て、それから国の政《まつりごと》が難しくなって、今年の冬に大老井伊直弼が桜田門外で斬られたのもそのためらしい。父彦五郎は徳川の威光に翳《かげ》りが出てきたと言う。それから宮本武蔵や千葉周作といった昔の剣豪や天然理心流の剣客の話だ。来年、天然理心流三代目近藤周助先生は隠居の身となり、四代目は僕の家の道場に出稽古にやってくる近藤勇先生が嗣ぐそうだ。それと勇先生がお供として江戸の道場より連れて来る沖田総司という剣士は、若いが天賦の才に恵まれて抜群の力量があるので近いうちに試衛館塾頭になるだろうと言っている。

歳三叔父さんの話に戻ろう。叔父さんは朝飯が終わると、その頃集まってくる近隣の門人達と共に剣の稽古を始める。普段柔和な叔父さんの顔つきが真剣そのものになり声も大きく甲高い。父が言うには、叔父さんの天然理心流入門は成人してからなのだが、稽古熱心のため普通の人より数段早く技量が進歩しているとのことである。最近では周助先生より出稽古を命ぜられ剣道具を担いで相州方面まで出ていく。叔父さんの強敵は先輩格の近藤勇と沖田総司である。この二人と叔父さんの稽古を見たことがあるがそれはもう凄いものだ。道場内は汗っぽい熱気に包まれ、男達の咆哮、竹刀と竹刀の激しくぶつかり合う音、まるで戦場のようだ。近藤勇先生の剣の特長は気組みと力であろうか、対する者は勇先生の気組みに自然と圧せられてしまう。一方、弱冠十九歳の沖田総司は、若さからくる力と幼少の頃より鍛え抜かれた技両方を兼ねそなえている。なにか底知れない力を秘めているようで父彦五郎も行く末は有名な剣客として名をなすだろうと常日頃言っている。さすがの叔父さんもこの二人から一本を取るのに苦労している。ある時、沖田総司と叔父さんの勝負で叔父さんが総司の突きでのけぞらされたことがある。

「畜生！　総司にはかなわねえ！」

叔父さんは悔しそうに唇をかみしめて言った。総司の突きは試衛館でも有名でこれを受けたものは身体ごとはね飛ばされ戦意を喪失してしまうとか。叔父さんはこの時のことが余程悔しかったとみえ、その後しばらく不機嫌な顔をして黙りこんでしまった。

そうかと思えば何もしていないこともある。例えば、昼すぎ叔父さんの部屋を覗くと昼寝をしている。夕飯後は我が家に極めて平和な情景が見られる。父彦五郎が来客と四方山話に花を咲かせる間、母のぶは夕飯の片付けをして裁縫に取りかかっている。僕と力之助は木の棒を剣にみたて宮本武蔵と佐々木小次郎の決闘ごっこに興じる。歳三叔父さんは父彦五郎と碁を打つか、自分の部屋で書道の稽古をする。ある時、こんなことがあった。いつものように力之助と厳流島の決闘を演じていると、傍らでそれをみていた歳三叔父さんが武蔵役の僕の剣を取り上げてこう言った。

「源之助、武蔵はただ剣が強かったわけじゃないぞ。武蔵は常に勝つために策を考えていたのだ。例えば、小次郎を動揺させるためにわざと決闘に遅れたり、小次郎の眼をくらませるためにお日様が自分の背中にくるように対峙したり、色々と工夫したから勝てたのだ」

僕はへえーと思って聞いていたが、これが後年の歳三叔父さんの真面目《しんめんもく》になろうとはその時には想像もつかなかった。


歳三が母屋に入ると姉のぶが出迎えた。

「歳《とし》さん、お帰りなさい。小島様はお元気でしたか？」

「ええ、兄貴の病を案じておられました」

「夕飯をおあがりなさい」

「はい」

彦五郎は外出して不在であった。御膳には歳三の好物の沢庵漬けと鮎の姿焼きがのっていた。一人で夕飯を済ました。

「半時ほど出かけてきます」

歳三はのぶにこう言い残すと門を出た。辺りはわずかに薄明かりが残っているものの夕闇が次第に迫ってきていた。歳三が草深き村道を踏み越えて行き着いたのは日野近在の日本庭園。ここは春になると梅、桜、牡丹が次々に美しい花を咲かせるので、歳三お気に入りの場所である。ただ日中は花を愛でる人が多くいるのでわざと月明かりを好む。庭園に着いた時には東方の空に満月が昇っていた。

〈こんな宵闇の中、わざわざ出てくるのも俺みたいな余程の物好きしかいねえだろうな〉

歳三は、庭園にしつらえてある垣根をいとも簡単に飛び越えると着物の裾《すそ》を手で払った。庭園内には池や築山が美しく配置され、そのところどころに白牡丹の植え込みが月明かりに照らされていた。

〈うむ、これは何と幽玄な……〉

歳三は思わず絶句した。そして木の切り株に腰をおろして時の過ぎるのも忘れてじっと眺めていた。

〈白牡丹月夜月夜に染めてほし〉

歳三は一句を思わず知らず口ずさんでいた。

〈良い句ができた。今宵は来て良かった。さて帰ろうか〉

木の切り株から腰を浮かした時である。

「誰だ、てめえは」

太い声に振り返ると髭面の男が刀を歳三の胸元に突きつけてきた。歳三は護身用に携えていた木刀を思わず握りしめたが、如何せん相手は正真正銘の真剣である。歳三の身体からどっと冷や汗が吹きでた。

「怪しい者じゃねえ」

「怪しい者じゃねえ？　じゃ、何だってこんな時刻に居るのかね」

「花見だ」

「おい銀蔵、どうした？」

仲間らしいのが三人、茂みの中から姿を現した。

「へえ、変な男がここにいたもんで」

銀蔵が答えた瞬間、歳三は立ち上がって木の切り株から離れた。近くに寄って来た男の一人がぷっと吹き出した。色白で眉目秀麗な歳三と厳つい髭面の醜男を見比べて、思わず可笑しくなったのである。

「おい銀蔵、どっちが変な男か、てめえの面を見てから言ってみな」

また別の一人が歳三に向かって声をかけた。

「よう色男さんよ、逢いびきか何かは知らんが、夜の一人歩きはよしたほうが身のためだぜ」

「おい、皆の者、そんな男とかかわっている暇はねえ。これからひと仕事だ。行くぞ」

頭目らしいのが言った。銀蔵とよばれた男は刀を鞘に納めると歳三に向かって言った。

「ふん、おめえさんは命拾いしたぜ」

何者とも知れない四人はその場を去った。

〈いまはやりの強盗か〉

歳三はほっと息をつくと、恐怖と緊張で全身の神経が張りつめていた自分に気がついた。踵《きびす》を返して元来た村道を辿り始めた。口の中がからからに乾いていたので途中の小川で喉を潤した。

〈うまい〉

満月が川面に柔らかい輝きを与えている。

〈生きていてよかった〉

改めて生き返った心地がした。家に戻るとのぶが心配そうな様子をしていた。

「今夜、何となく歳さんのことが妙に気がかりでした。顔色がさえないようですが大丈夫ですか？」

「いえ、ちょっと夜気《やき》に長く当たり過ぎただけです」

歳三は自分の部屋に戻ると、文机に向かって墨を磨り始めた。そして先刻、詠んだ句を句帳に書き留めると夜具を敷いて床に就いた。が、その晩はなかなか寝つくことができなかった。月光に照らされ青白く輝く真剣が頭から離れない。

〈真剣は凄い。つきつけられて身動きもままならなかった〉

歳三と真剣の衝撃的な出会いであった。

この盗賊騒ぎがあってから歳三は変わった。天然理心流の剣法は元来戦国乱世に源を発する喧嘩剣法である。

〈もしこれが真剣だったら〉

竹刀を打ち込み、また打ち込まれる時にこういう考えが頭を過《よぎ》った。そう思うとつい本気にならざるをえない。知らず知らずのうちに相手を打ちのめすことがあり、自分でもつい苦笑してしまう。あるとき試衛館で門人の稽古を見ていた周助は傍らにいた近藤勇に言った。

「歳の剣、真に迫ってきたな」

「いかにも。稽古は人一倍熱心にて、このところ力をつけてきております」

「いや、それだけではないな」

「………」

「歳は真剣勝負を意識している。さては何かあったかな」

周助は、歳三の激しい打ち込みを見ながら自分の若い頃の姿を思い出して目を細めた。その後、稽古の様子を見ていた沖田総司が歳三のところにやって来た。

「先生、近頃随分と変わられましたね」

「………」

「さっき先生があんまり殺気だっていたので、面の下には鬼がいるのかと思いましたよ」

総司は白い歯を見せてにんまりと笑った。

「よくわかったな」

歳三は驚いた。

〈さすがは総司だ。見抜かれている〉

見抜かれていたのは剣だけではない。

「近頃いい人ができたそうですね」

「えっ？」

「吉原の大夫」

歳三は思わず顔を赤らめた。

「お前、どうしてそんなことを？」

「実は伊庭さんが教えてくれました」

「伊庭の奴」

《伊庭八郎《いばはちろう》は心形一刀《しんぎょういっとう》流四代目伊庭軍兵衛秀業を父にもち、父の道場でも麒麟児の異名をとるほど剣術に秀でていた。近頃、腕試しに時々試衛館を訪れていた》

「でも意外だな。土方さんは女の人には興味がないと思っていたのに」

「今度連れて行ってやる」

「えー、いいですよ。僕は修業中だから。そんなところに出入りしてたら勇先生に叱られます」

総司は突きを入れる真似をした。

「また総司、人をからかいやがって」

「あーあ。土方さんをからかうのもなかなか面白いなあ。あははは」

無邪気な笑い声を残して総司は消えた。むっつりとして普段余り自分を表さない歳三は、気障ともとっつきにくいとも思われていたが、総司にはからかわれてばかりいる。しかし不思議と腹も立たない。そういうところが総司の人徳であった。


明けて文久元年。八月に天然理心流四代目襲名披露の野試合を済ませ、いよいよ心意気も新たな近藤勇のもとへある一人の浪人が訪ねてきた。

「拙者は松前藩脱藩にて永倉新八と申す者でござる。剣は神道無念流《しんとうむねんりゅう》岡田十松ならびに百合本升三《ゆりもとしょうぞう》門下で学び、いままで諸国修業の旅に出ておりました。八月に江戸に戻り天然理心流の武名を耳にしてはせ参じた次第です。剣術修業のため、是非いましばらく仲間に加えていただきたい」

男は色白だが無精髭をたくわえ、そのでっぷりとした立派な体格が相手に威圧感を与えた。さらに永倉の悠々とした態度は勇の気をひいた。

「よろしい。しかし門下に加えるかどうかは腕試しをしてからにするといたそう。ところで神道無念流ではどの位、遣えましたか？」

「免許皆伝」

永倉は自信ありげに答えた。勇の目が光った。

「お相手は塾頭の沖田君がいたします」

勇はすかさず答えた。


歳三が出稽古より戻り試衛館の道場を覗くと、井上源三郎がいた。普段は地味で温厚な源三郎が、いつになく興奮した口調で門人を相手に話をしている。源三郎は歳三と同じ日野の出だが、六歳年上で免許皆伝の腕前である。歳三が源三郎に近づくと源三郎は歳三の方を振り返った。

「歳さん、大変な奴が入門したぜ」

「大変な奴？」

歳三は怪訝《けげん》な顔をして聞いた。

「今日、神道無念流の永倉新八という男が訪ねてきて、ここで剣術修業したいというんで総司が立ち合ったのだが……」

源三郎は興奮がまださめやらぬといった調子で続けた。

「あの総司の得意技がかわされるのを見たのは初めてだ。勝負は三本だった。二人は竹刀を中段に構えて間合いを取り、しばらく目と目を合わせて向き合った。一本目は、両者が数回、竹刀を交えた後、総司が間合いをつめ、一瞬の隙に竹刀を下からはね上げ、面を取った。二本目は、互いに相青眼の構えから、総司が相手の喉元を狙って突きを仕掛けた。永倉はこれをかわしながら、強烈な胴を返した。これは全く意外だったよ。これが決まった時は見ていた者からおおっという声が発せられた。三本目は二人共、何度も立ち位置を変えて間合いを取ったが、双方仕掛けることができず結局引き分けと決まった」

ここまで一気に喋ると源三郎は手拭いを取り出して汗をふいた。

〈いつもはもの静かな源さんがこのように熱しているとは、余程の勝負だったに違いねえ。しかし総司とあいことは大した奴だぜ〉

「その後酒宴となったのだが、近藤先生は大した上機嫌で永倉殿が帰られるころには、同門の者というよりすっかり客分扱いさ。しかし試衛館も大したものだ。他流の遣い手から剣術修業を申し込まれるとはな」

《この頃から他流の遣い手が天然理心流に入門してくる。天然理心流の武名が高まったからであろう。名前を挙げれば北辰一刀流の免許皆伝者山南敬助、同じく目録者藤堂平助などである。さらには近藤勇は男谷信友《おたにのぶとも》、伊庭八郎、榊原鍵吉、佐々木只三郎など江戸の剣豪とうたわれた人達からその力量を認められ、互いに親交を深めていた》

「おい、歳《とし》。新八が面白い話を聞いてきたのだがどう思う？」

文久二年もおしせまった十二月、勇は歳三を自分の書斎に呼び寄せてこう言った。雪のちらつく寒い夜で勇は火鉢のそばで暖をとっている。

「実は新八の言うには、御公儀が広く天下の志士を募り、将軍の警護ならびに攘夷に当たらせるつもりだと言うのだ。新八はあのとおり常日頃から攘夷を唱えているものだから、是非募集に応じようとすっかり乗り気になっているのだが、歳はどう思うかね？」

「でもそうなると試衛館はどうするのですか？」

「道場を畳んで一同で参加する。もちろん皆の同意を得てからの話だが」

「なかなか面白いとは思いますが信頼のおける筋の話ですかね？　道場を畳んでから一同が路頭に迷うなどということがあっては大変ですからね」

「用心深いところがおまえらしいな。確かにこの策を御公儀に献じたのは清河八郎という、もともと尊皇倒幕に働いていた男で、今回の幕府のための画策にも下心があるのではないかと注意する者もいるぐらいだ」

勇はほっと息をついた。

「…………」

「しかしな、歳。近頃もうこの江戸にいるのはつくづく嫌気がさしたよ。ここで道場をひらいて頑張ってみてもたかがしれている。天然理心流は、しょせん一流の道場からは田舎剣法と言われるような流派でしかない。しかしこの剣法が真に強みを発揮するのは真剣を遣う修羅場においてのみである」

「真剣？」

「そうだよ。歳、賭けてみないか。京洛は今や倒幕をもくろむ不逞の輩が跋扈《ばっこ》して血生臭い事件が次々に起きている。いまこそこの機会に上洛をして、将軍をお守りできるとはまさに千載一遇の好機。拙者はここの道場主として一生を過ごすつもりは毛頭ない。これからがいままでに磨いた剣の力を発揮する時だ。どうだ、歳。これこそが男が本気で命を賭けてやれる仕事というものじゃないか？」

勇の声はうわずり目は潤んでいるようにも見えた。歳三は勇がこのような熱意をこめて語るのを初めて聞いた。そして勇が普段、今の立場にどんなに割り切れない気持ちを持っているかは容易に想像できた。それは勇が先般、幕府の開設した講武所の教授に内定していながら結局は不採用になったときの落胆ぶりからもわかる。講武所の教授職は力のある在野の武芸者にとっては願ってもない名誉職であったが、勇は十分な実力がありながらも農民という身分が災いして採用されることはなかった。勇の落胆ぶりは激しく、稽古に出ない日々が続いた。勇が稽古に出てくるようになっても、歳三ですら勇への対応には気を遣ったものだ。

「先生の言われることはごもっともです。御公儀のためとあれば剣も振るいがいがあるというものです。志士の一人に加えていただければこの土方歳三、できる限りの助力を惜しまないつもりです」

「では、歳は賛成だな？」

歳三はゆっくりと頷いた。

勇の太い声が道場内に響きわたる。

「おのおの方、子細はもうすでにご承知のことと思いますが、御公儀浪士募集の件、参加の是非をうかがいたい。まず永倉君、沙汰書を御披露願います」

新八は沙汰書をひろげ、こほんと咳払いをひとつした。

「御公儀の浪士取締役山岡鉄太郎先生からの文書を読み上げます。【尽忠報国《じんちゅうほうこく》の志を元とし、公正無二、身体強健、気力壮厳の者、貴賤老少に拘わらず召し抱える】この募集の目的は将軍の警護と攘夷にあり、これはかねてよりの拙者の希望に添うものである。さらに日頃より剣の錬磨に余念のない御一同にとっても、剣名を天下に知らしめる好機と考えます。是非、共に参加されることを御検討願いたい」

「では、おのおの方の意向をうかがいたい、まず土方君から」

「近頃の天下多事の際、上洛して功成り名遂げることができるなら、これ以上の幸せはありますまい」

歳三はゆっくりと自分に言い聞かせるような調子で言った。

「では、沖田君は？」

「剣が振るえるなら、たとえ火の中、水の中、私はどこへでも皆さんについていきますよ」

「山南《やまなみ》君」

「江戸に居ては、井の中のかわずだ。志士として上洛して天下の空気を吸いたいものだ」

普段は色の白い愛嬌のある顔が一瞬、きっとなった。

「原田君」

「京はどんなところかわからぬが、聞くところによれば、天下の志士が集まって色々乱暴を働いているそうじゃないか。拙者も暴れてみたいものだ」

「藤堂君」

「京では藤堂和泉守《いずみのかみ》の名を辱めないような働きをしたいものだ」

これを聞いて総司がくすっと笑った。日頃、藤堂は周りの者に自分は伊勢の殿様の御落胤《ごらくいん》であると触れ回っており、誰もまともに信じる者はいなかったのだが、今もまた真剣な調子で藤堂が言うのが可笑しかったからである。

「では、最後に井上君は？」

「京に行って剣が飯の種になるようなら行ってもいいですよ」

「よろしい。御一同の存念はわかり申した。ただし後日、御公儀にもう一度主旨を確かめるつもりである。とにもかくにもこれで拙者も目から鱗が落ちたような気分だ。目出度い、目出度い。御一同、一席もうけて前途を祝おうではないか」

歳三は上洛が決まるとその報告に石田村の実家にやって来た。歳三は石田村に入るとまず土方家の菩提寺である石田寺《せきでんじ》に立ち寄り、三年前に亡くなった次兄喜六と、幼い頃に亡くなった母、そして歳三の顔を見ずに逝った父の冥福を祈った。実家には長兄為次郎と亡くなった兄喜六の妻ナカがいた。盲目だが豪気な性質の為次郎は、歳三の話を聞くと鐘の鳴るような大声で言った。

「あっはっは。歳もようやく身の振り方が決まったかい」

「好きな剣が自分の道を決めました。この道で自分の身に万が一の事があったとしても悔いることはありません。同志の試衛館の連中も同じ覚悟です」

「やっぱり歳は俺の弟だね。歳よ。天下の志士となって上洛するからには畳の上で死ぬんじゃねえ。この俺も目開きだったらねえ。こういう時世に黙ってはいないのだが」

一方、寄宿先の日野では彦五郎が大喜びであった。

「歳さん。京では天然理心流ここにありという心意気で頑張ってきておくれ。勇さんと一緒ならきっと京洛で活躍できるだろう。私も妻子がいなければ共に参加するのだが」

加えて彦五郎は名主役を勤めており、多事に追われていた。上洛する余裕はとてもない。姉のぶは赤飯を炊いて歳三の京への出立を祝ってくれた。しかし、のぶは父母亡きあとずっと歳三の面倒をみており、やはり心配の色は隠せない。

「体には十分、気をつけてください。そして時々、日野に便りを書いて下さい」

それから歳三は出立の用意に追われていたが、身の回りの整理をしていると句帳が目にとまった。句帳を開いて見るとそこには折を見て詠んだ句が並んでいる。

【一輪咲いても梅は梅

玉川に鮎つり来るやひかんかな

白牡丹月夜月夜に染めてほし

水音に添てききけり川千鳥
裏表なきは君子の扇かな】
最後の句は歳三の嘘偽りのない純粋なる理想であった。裏表なく生きたい、この潔癖な理想を貫く為に幾人もの人を斬るはめになろうとは、この時の歳三はまだ知らない。

文久三年二月八日、幕府の募集に応じた二百三十四名の浪士は京へ向けて小石川伝通院を出発した。歳三の心境は胸躍《おど》るといったところであろうか。なにしろ二十九歳までずっと多摩の田舎で過ごしたのである。京へ上って一仕事をする。これは野心ある男達にとっては胸のときめく希望以外の何物でもなかったはずである。

〈長かった。長すぎた〉

歳三は田舎でくすぶっていた年月を思い返しながら、心の底から思った。いよいよ剣をもって悪を制する事ができるのだ。浪士隊は早咲きの梅の花を愛でながら中山道《なかせんどう》を進んだ。天気の良い日が続き、試衛館出身の若者達も上機嫌で冗談話に花を咲かせていた。

ところが三日目、本庄宿に着いてその上機嫌が吹っ飛ぶような事件が起こった。近藤勇は取締付の池田徳太郎のもとで宿舎割に奔走していたが、やはり取締付である芹沢鴨の宿を取り忘れてしまったのである。水戸天狗党の生き残りである芹沢鴨は、三人の部下を惨殺した科で一時は死罪を申し渡されたが、大赦令によって許されて出獄した人物である。この度、天狗党の同士でもあった新見錦《にいみにしき》、野口健司、平山五郎、平間重助を引き連れて参加していた。試衛館一同が本庄宿に到着し、旅籠屋で一息いれていると妙に外の様子が騒々しいのに気づいた。

「ちょっと私が行って見てきましょう」

ふと悪い予感に襲われた沖田総司は太刀をひっさげて宿を飛び出した。と、すぐに息をきらして血相を変えて舞い戻って来た。

「皆さん、すぐに来てください。芹沢鴨が暴れている」

普段、陽気な総司が珍しく真剣な顔つきで言うのを聞いて、歳三は瞬時にこれはただごとではないと悟った。歳三を初めとして男達が表に出ると、日が暮れているのに宿の前の中央の広場が明るくなっている。近づいてみると芹沢鴨がどこでどう集めたのか木材を山と積んで焚火《たきび》を焚いてその前に立ちはだかっている。騒ぎに気づいた他の浪士や旅籠の客などが野次馬として集まってきており、鴨のそばに近藤勇と池田徳太郎が困惑顔で立ちすくんでいた。歳三と総司は反射的に野次馬をかきわけ近藤勇のそばに来た。

「近藤先生、これは一体どうされたのですか」

これを聞いた芹沢は答えた。

「やあ、近藤先生。そちらは貴公の腰巾着かね。では物見の客も大勢来たようなのでとくと説明してしんぜよう。こちら御両人はこの芹沢に野宿をさせるつもりらしい。宿無しでこの分では寒くて夜を明かせぬ故、こうして暖をとっている次第である。芹沢鴨の腹の虫が収まらぬうちは火の粉が舞い散る故、着物を焦がさぬようせいぜい気をつけることですな。あっはっは」

鴨は得意気に高笑いをすると腰につけていた鉄の扇を抜いてばたばたとあおいだ。でっぷりとして色白の鴨の顔に焚火が照り返って、その恐ろしげな様子はまるで山門の仁王のようである。

「ただいま、しかるべき宿に御案内致します。火はすぐにお消しいただきたい」

勇は額に脂汗をにじませて平謝りに謝った。

「ふん。いいから、もっと焚き付けよ」

鴨は勇を無視して部下に命じた。当然、火の勢いはますます強くなり火の粉は旅籠の屋根までも舞い散るようになった。と勇は何を思ったか、突然がばっと地にひれ伏して土下座した。

「このとおり、江戸天然理心流、近藤勇の面目にかけてお許しを」

勇のこの態度にそばにいた池田や歳三のみならず、相手の鴨も少なからず驚いた。

「近藤先生！」

歳三の端正な顔に青筋が立つと同時に、総司がとっさに刀の柄《つか》に手をかけた。一瞬、その場に居合わせた者の間に緊張した空気が流れた。試衛館の男達もどうなる事かと固唾を飲んで見守った。が次の瞬間、鴨は意外にも声を和らげて言った。

「近藤とか言われましたな。すぐに立たれよ。この芹沢鴨、武士の面目にかけてお許し申そう。ところでそばの御仁、名はなんと申される」

鴨は総司の殺気に気づいてじろりと総司を見た。

「天然理心流師範代、沖田総司」

総司は怒りをようやく制して低い声で答えた。

「沖田殿、命が惜しければここからすぐに立ち去りたまえ。近藤殿、忠実な家来をおもちのようだが、天然理心流はいずれ機会あらばお手並み拝見させていただく。すぐにもわれら三番隊を宿へ案内もうせ。今宵の火遊び、なかなか面白かったぞ。あっはっは」

鴨は傍らに部下を従えて悠然と宿屋に向かった。旅籠屋の者はその後ろ姿を見送るとすでに用意していた手桶の水を焚火にかけ始めた。群がって見ていた野次馬達は意外に早くけりのついた茶番劇になんとなく拍子抜けした心地にて、三々五々散り始めた。すでに日はとっぷりと暮れており、軒を連ねた宿屋ではいつものように泊まり客の遊興の声が響き始めた。

「とんでもない御仁ですね。土方さん」

総司は歳三と並んで歩きながら声をかけた。夜の帳《とばり》がおりて歳三の顔に冷たい風が吹き抜けると、怒りで逆上した気持ちもようやくおさまりつつあった。

「私は自分が今にも芹沢鴨を斬って捨てるのではないかと思いましたよ。すっかり自制心を失ってしまって」

「危なかったな。お前が刀の柄《つか》に手をかけた時、まかりまちがえば斬り合いになるところだった。総司、芹沢鴨を侮るなよ。腕は向こうの方が上だ。もっともお前なら竹刀で互角といった戦いができるかもしれないが。だが真剣なら無理だろう」

「…………」

いつもなら冗談で歳三をやりこめる総司も、この度は言い返す言葉を失ってしまった。天然理心流は遠く戦国時代に源を発する実戦向きの剣法であったが、歳三も総司も真剣を使ったことはただの一度もない。

〈真剣か。もし、あのとき鴨が刀を抜いていたら俺はどうしたであろうか〉

歳三は刀を振り回して仁王のように立ちはだかる鴨を思い浮かべた。

〈まるで地獄の閻魔大王だな。俺も近藤さんと一緒に土下座か。やはり近藤先生は忍耐と至誠の人というべきか。しかし土下座とは卑屈すぎないだろうか〉

歳三の胸に再び悔しい気持ちがよみがえってきた。悔しい時に妙に涙もろくなるのがこの男の癖であった。そばに居た総司が歳三の胸中を察したのかそっと歳三から離れていった。

この後、悪名高き新選組の統率者として剣をふるうことになる二人の壮士も、一旦は死罪を申し渡されて出獄してきた暴れ者には、さしあたって無抵抗と服従を装ってついていくしかなかった。江戸を出立してから十数日間、鴨はわがままの限りを尽くしていたが、これに辟易《へきえき》した取締役の山岡鉄太郎が、引責して江戸に帰ると言い出してからは鴨の素行もおとなしくなった。

さまざまな経歴をもつ男達からなる浪士団が京の都にたどり着いたのは文久三年二月二十三日、すでに日本は大転換期をむかえて激動の時代にさしかかっており、歳三もその歴史の大舞台にまさに踊り出ようとしていた。

## 新選組の誕生

二月二十三日、早朝未明、大津を出立した浪士隊の一行は京に入った。京の町には早くも春が訪れて梅や椿の花があちらこちらで咲き乱れている。

「やあ、美しいなあ」

春の花を目のあたりにして浪士達の心は和んだ。一行は、若者らしく京の女に会うのが楽しみだとか、京で花見をしたいとか口々に好き放題のことを言い合っていたが、歳三だけは一人無言であった。ここで何かが始まるという強い気持ちに襲われていたのである。三条大橋を通って西へ一里半、浪士達は目的地の壬生《みぶ》に到着した。

壬生村はその昔、戦《いくさ》に敗れた由緒ある家柄の落ち人が住み着いた所である。江戸時代、彼等は幕府の庇護のもと郷士となって住んでいた。一行はそのような壬生村郷士の八木源之丞《げんのじょう》、前川荘治、南部亀次郎ならびに新徳寺へ分宿した。近藤および芹沢一派あわせて十三名（近藤、土方、沖田、永倉、山南、原田、井上、藤堂および芹沢、新見、野口、平山、平間）は八木源之丞宅で旅装を解いた。この二つの勢力は別々の部屋に分かれて長旅の疲れをいやした。

夜になって清河八郎からすぐ近くの新徳寺に集まるよう命令がくだった。歳三らが新徳寺の広間に入ると、すでに大勢の浪士が所狭しと座って清河の登場を待ち構えている。清河八郎が姿を現した。清河は広間の壇上に上がると集合した浪士達を威圧するような調子で見下ろした。

「長い旅、御苦労様でした。早速ではありますが、この度の上京の目的を明らかにしたいと考え皆様に集まっていただきました。ただいまより天聴に達せしめんがために用意した建白書を披露いたします」

清河は懐より書状をおもむろに取り出すと読み始めた。

「慎みて言上奉り候。今般私ども上京つかまつり候は……尽忠報国身命をなげうって勤王仕り候心得に付……尊攘の赤心相遂げ候様御差向け被成下候わば難有仕合に存じ奉り候禄位などは更に相い受け申さず、ただただ尊攘の大義あい期し奉り候」

朗朗と読み上げる清河は自分自身に陶酔しているかのようであった。清河は浪士一同にその意味を考える暇を与えなかった。

「この朝廷への上書につき、おのおの方に異論はあるまいな」

一座は水を打ったように沈黙を守っていた。清河の真の目的が勤王であることにはまだ気づかないでいたからである。清河は自分の弁舌が一同に与えた効果を確かめると満足げに笑みを浮かべてその場を辞した。清河が姿を消してようやく浪士達は我に返った。

清河の使者から学習院に提出された建白書は一旦は受理された。鷹司《たかつかさ》関白はその旨を幕府の一橋慶喜と松平春嶽に伝えた。

「これはまずい。清河という男に勝手に尊皇攘夷のために浪士達を動かされては大変だ。なんとか江戸へ返そう」

幕府当局側はこう決断した。

三月三日鷹司関白より浪士隊東下《とうか》の勅諚《ちょくじょう》が浪士取締役の鵜殿と山岡に渡された。理由は生麦事件がこじれ横浜で英国と戦争になるかもしれないので、戦端に備えるということであった。話は急転回し攘夷決行は江戸で、ということになった。

この時、松平容保《かたもり》に呼び出しを受けて黒谷《くろだに》の守護職本陣を訪ねた男がいた。浪士取締役として山岡の配下についていた佐々木只三郎である。

「佐々木殿、わざわざ御足労願ったのはほかでもない。ちょっと教えて戴きたいのだが」

容保は老中板倉勝静《かっきよ》から届いた達し文を目の前に広げていた。

「老中板倉殿からのお達しによれば、浪士隊の中に尽忠報国の志を持つ者があるとのことであるが心当たりはござらぬか？」

佐々木は本所宿で起こった芹沢派と近藤らの一件を正直に話して聞かせた。

「ほう、それは面白い。それで佐々木殿から見た芹沢、近藤について人物はいかなる者であろうか」

「はい、芹沢と申す者は以前水戸天狗党に属して暴れていた者で、剣客としての腕前も屈指のものがあるかと存じます。しかしわがまま放題、粗暴なところが目立つのが気になるところです。配下に優れた者がいれば人を率いていけるかと存じます」

「一方の近藤と申すものは？」

「この人物の真価はまだわかりませぬ。ただ芹沢とは違い冷静沈着で容易に感情を表さないが包容力もあり一角の人物と考えます。元は江戸で剣の道場主をつとめておりましたが、今回の募集で道場の門人を率いて参加しております」

「全く肌合いの違う者らしいな。だがいずれにせよ幕府の御為に働く忠義の気持ちがあれば、さしあたって必要な京の警護に十分働いてもらえるだろう。佐々木殿、両人を説得し京に留まって働くよう差配してはもらえないか。いずれ両人に会って話もしてみるが」

容保は、最近とみに激しくなってきた幕府要人の暗殺や暴行の取り締まりに頭を悩ませていたところであったので、希望の光を見出せたような気がして安堵した。

清河は京での活動計画が意外にも簡単に水の泡と帰したため内心はあわてた。

〈しまった、よまれたか。だがまあ、いいだろう。江戸に帰ってなんとか打開の策を考えよう〉

清河は再び、新徳寺にて浪士達を目の前にして演説した。

「現情勢は我らを江戸で必要としている。急な話ではあるが、江戸に戻るように」

初めは水を打ったようにしんとしていた一同も今度は清河の真意を理解できずにざわめいた。

「どういうことなんだ。せっかく京に来て、何もせずにすぐ戻るとは」

特に猛反対したのは近藤勇率いる試衛館一派と芹沢らの水戸派を含む二十四名であった。

「清河殿、我々がわざわざ江戸から出てきたのはそもそも将軍家警護のためであったことをお忘れであろうか。貴殿が浪士をまとめて東下されるのは一向にかまわぬが、我々はあくまで素志を貫いて京に留まるつもりである」

近藤と芹沢は浪士隊からの脱退を主張したため、清河は顔面を真っ赤にして怒った。

「この好機を逃すとはけしからぬ。共に帰らぬという者はこの清河が斬ってやる」

「ほう、腕ずくとはおもしろい。それならこちらにも心積もりがある。貴殿の挑戦を受けて立とう」

芹沢と近藤もまけじとすごんだため、ついに清河も諦めざるを得なかった。

「勝手になされよ」

この談合の様子をじっとみつめていた男がいた。浪士取締役の佐々木只三郎である。佐々木はこの時すでに近藤と芹沢に京で将軍の為に働くよう容保の意を伝え、両者の承諾を得ていたのである。

三月十日、京都残留組は将軍警護の嘆願書を容保に差し出した。これはすぐに認められ十二日会津藩預かりと正式に決まった。

三月十六日、京都残留組のうち二十名は京都守護職の本陣、黒谷《くろだに》の金戒光明寺に挨拶に出向いた。ここは東山の麓にあり、その昔源氏の武将熊谷直実が出家した寺として名を知られていた。京都守護職の本陣がおかれてからは会津藩から派遣された一千人の兵士が駐屯しており、寺への道も往来する武士達の姿が多くみられた。襟を正して待つ二十人の前に現れたのは、家来の田中土佐《とさ》と横山主税《ちから》であった。

「ほどなく、殿も参られます」

この一言が歳三を緊張させた。田中は浪士達に、遥か遠方の東国より上京したことに対する労《ねぎら》いの言葉をかけると同時に、昨年、文久二年十二月二十四日に松平容保が守護職就任のために上洛した時の様子を語ってきかせた。

「小雪のちらつく中、京の人達は蹴上《けあげ》からこの黒谷まで沿道を埋めつくし、我々を迎えてくれました。いかに我々への期待が大きいものであるかわかりましょう。さらに年明けて、文久三年正月二日、殿は孝明《こうめい》天皇より天杯と緋の衣を賜り我々もこの王城の地を守護するべく決意を新たにしたものです。こういう時機にそち達のような剣客が集められたことはまさに天佑」

田中がここまで言ったところで衣ずれの音がして横の襖《ふすま》がすっと開いた。松平容保が姿を現した。浪士達はほとんど反射的に頭をさげた。

「面《おもて》をあげられよ」

歳三が皆と同時に顔を上げた時には容保はすでに目の前で正座をしていた。

〈この御仁が会津藩主か〉

歳三はほとんど感動に近い気持ちで容保を見上げた。色白細身で華奢な身体つきの殿様のどこに過激浪士と戦う意志があるのか、と一瞬怪訝《けげん》な気持ちになったが、とつとつと語る容保の口調に次第にそれは見出された。

「近年、攘夷（外国人排斥）の旗印のもとに薩摩、長州、土佐の過激分子が京都に集結しており、その動きは年毎に過激さを増し、幕政に対する攻撃はついには幕府要人の暗殺というただならぬ事態を引き起こしている。もはや手をこまねいて見ているのみでは京の治安は回復できない。残念ながら京都所司代、町奉行所は頼みにならず、実力のある剣客の助けが欲しいと思っていたところである。是非とも誠心誠意、京都守護職のためにお力添えを戴きたい。そちが芹沢といわれたかな？」

容保は色白で恰幅の良い男に尋ねた。

「常陸国芹沢村の出にて神道無念流《しんとうむねんりゅう》をおさめております」

「そちは？」

「天然理心流四代目当主近藤勇、江戸試衛館一同を引き連れて上京いたしております。一命をなげ打って御奉公いたしたいと存じます」

この男は深々と頭を下げた。容保は今度は勇のそばにいた歳三の方を見たので一瞬目が会った。すぐに歳三は目を伏せた。

〈鋭い目差しのお方だ。何か一旦決意したらもう二度と決意を変えないような……〉

「今後のそち達の働きにおおいに期待しています。本日はごゆるりとなされよ」

容保はまた衣ずれの音をたてて姿を消した。歳三が頭を上げた時、勇はまだ深々と頭を下げたままであった。

浪士二十四名の落ち着いた場所は分宿先の八木家と前川家で、八木家の邸宅の前に『壬生村浪士屯所』と大きな看板がかかげられた。清河達が江戸に引き揚げてからは近藤達は前川家に移ってきた。初めての仕事は、四月初めに孝明天皇の石清水八幡宮《いわしみずはちまんぐう》への攘夷祈願の行幸を警護することで、さしあたって歳三は尊攘派浪士の出入りしそうな旅宿、料亭を総司や井上、山南らと歩いて回り、逐一勇に報告した。

これで歳三の感じたことは京の町は広く、また京の人々はよそ者に対して冷たいということであった。

「我々は会津藩お預かりの壬生浪士である」

こう言う歳三らに京の人々は怪訝な顔をして目の前で戸をぴしゃりと閉めてしまう。

〈まあ、いい。京になじむには時間がかかりそうだが、これはこれからの課題としよう。それにしてもこれだけの人数では何もできない〉

「近藤先生、人集めが必要だ。こんな人数で天皇や将軍を守ろうなんてとんでもない。桜田門外で井伊公が斬られた事件をおぼえておられるだろう。腕の立つ者が一気に攻め込んできたら壬生浪士は跡形もなく消えてしまうだろう」

「まあ、そうだな。これは鴨にも話をしてみよう」

勇と歳三はすぐに八木家に居る芹沢鴨を訪ねた。

「やあ、近藤先生とそちらは土方君とか言われましたな。こんな昼間からどうなされた」

この男は前の晩、芸妓を呼んで夜遅くまで飲んで騒いでいたため酒の匂いをぷんぷん放っていた。歳三は顔をしかめた。勇の言うことをじっと聞いていた鴨は言った。

「お主達、なかなかやるな。我々が遊んでいる暇にもう仕事かね。まあ、いい。仲良くやろうではないか」

こう言うと鴨は今度はじろりと歳三の方を見た。

「土方君、貴公が京の町を歩いていることは新見が祇園で君を見かけたので聞いておったぞ。だがな、土方君、君らのその身なりではどこの百姓かと間違われても仕方がない」

また視線を勇の方に移した。

「近藤先生、こういうことはまず金集めを考えるものだ。これはこの芹沢鴨に任せていただこう。その金でまず隊服でも揃えますかな。あっはっは」

鴨の傍若無人な態度にもかかわらず勇の方はにこやかに対応していた。一方の歳三は終始、仏頂面であった。

四月初めの天皇の攘夷祈願行幸は平穏無事に終わった。

歳三が、前川家で総司を相手に木刀を使って稽古をしていると勇がやって来た。

「おい歳、鴨が大坂の鴻池《こうのいけ》に乗り込んで金集めに行くというので一緒に行かないかと言っているが、行くかね」

「私はやめとく。近藤先生も知っておられるとおり、鴨は私に妙な敵対心を抱いているようだ」

歳三はちょっと自嘲気味に答えた。

「総司はどうする？」

「金集めは興味ないから私も行きたくない。土方先生と稽古している方が私にはあってますよ」

「まあ、いい。無理にとは言わんよ。しかし試衛館の方から誰も行かないと変につむじを曲げているともとられかねない。山南君と永倉君に頼んでみよう」

結局、鴨は自分の部下の平山、野口、平間と試衛館出身の山南、永倉、原田、井上を引き連れて大坂の豪商鴻池に乗り込んだ。

日が暮れてから山南、永倉達が前川家に戻って来た。永倉が勇と歳三のいる所に来て言った。

「近藤先生。芹沢先生がお呼びです」

「おお、そうか」

「歳、ちょっと、行ってくる」

勇がそそくさと出て行くと歳三は永倉と二人きりになった。永倉は資金集めの様子を語り始めた。

「まあ、土方君。今日は我々はすっかり鴨流というやつを見せてもらったよ」

「鴨流？」

「ああ、まあ談判というよりも押し借りですよ。鴨はいきなり主人鴻池善右衛門を呼びつけて金子をすぐに用立てるようにいつもの調子で息まいた」

「相手はなんの抵抗もしなかったのか？」

「ええ、うまくいきましたよ。あの様子では普段から相当の取引をしているのでしょう」

「結局、いくら借りだしたのだ？」

「二百両ですよ」

「二百両もか」

歳三はあの暴れ者にそんな能があったのかと訝《いぶか》しんだ。

「会津肥後守《ひごのかみ》の預かりというのが効き目があったようだ。だが鴻池も存外簡単に金を用立てたものだ。しかし土方君もまだ忘れてはいないでしょう。本庄宿で近藤先生も土下座をせざるを得なかった鴨のいやがらせを。あの男は妙に気位の高いところがある。善右衛門もさしあたっては善処したといったところでしょうな」

勇が戻ってきた。機嫌のよい顔をしていた。

「歳、喜んでくれ。金集めはうまくいった。その金で隊服を作ることにした。鴨もなかなか凄いじゃないか」

「鴨流でしょう」

ちょっと皮肉をこめて歳三は言ったつもりだったが勇には通じていない。

「次は歳、お前の言っていた人集めの番だ。会津藩からもお許しが出た。どういう人間を集めるかが問題だな。歳、それに永倉君、お主達の剣の腕が試される機会でもある。よろしく頼むぞ」


制服ができ上がった。

「どうです？　この羽織は」

総司が新しい羽織を着て皆に見せて言った。色は浅葱色《あさぎいろ》、袖が白い山形の模様で縁取られている。

「なんだ。それは赤穂浪士の討ち入りの時の装束にそっくりだな」

山南がすぐに気がついて言った。

「うむ。ちょっと派手だが壬生浪士組の存在を敵に知らしめるにはいいかもしれねえな。なあ歳」

勇はまんざらでもない様子であったが、着物の好みが難しい歳三はうんと言わない。

〈まるで興行師かなにかみたいだ〉

歳三は密かに思った。これは四月二十一日、将軍家茂《いえもち》が摂津巡視のために下坂《げはん》した際に全員揃って初めて着用された。


この頃、歳三は壬生浪士組の発展のために余念のない日々を過ごしていた。隊士の募集を始めた。歳三自ら竹刀を取って入隊を希望する者の腕を試した。しかし隊士が集まったら仕事は何をするのか、その行動規範は何を基礎とするのか、編成はどうするのか、問題は山積みであった。守護職と屯所の往来がとみに多くなった。またひとつの問題は幹部の序列のことであった。局長は誰がなるのか？　さらに副長は？　歳三は、三月初め将軍家茂に付き従って入京してきた八王子千人同心の井上松五郎を訪ねては、近藤あるいは沖田、井上などと共にこうした問題を語り合った。

歳三の気になるのは隊士達が近藤派と芹沢派に色分けされていることである。例えば総司はあの焚火事件のあと芹沢を避けるようにしていたし、歳三自身も鴨のために働く気にはとてもなれなかった。永倉も指摘していたとおり、鴨は妙に気位の高いところがあり、また気のむらも激しかった。機嫌のよいときはいいのだが、部下が少しでも自分の気にいらないことをすると、死ぬ位に激しい折檻を加えることも度々であった。歳三は鴨の気性を理解してからは焚火事件の時のように青筋をたてて怒ることもなくなった。鴨の前では感情を殺して一見無抵抗、平静を装った。こういうことは歳三は巧みであった。この男は十代の時、商家で奉公した時に気の合わない番頭のもとで働いた経験があるからである。

近藤派のなかで鴨と最も接触していたのは近藤勇であった。このことが鴨を喜ばせていた。

「隊士募集が行われた後には、先生が長となって組を統率していただくようお願い申しあげます。細かい実務は土方君、山南君など我々の手の者で得意とする者がおりますので、おまかせください」

細かいことの嫌いな鴨としては勇の言葉を真に受けて喜んだ。一方で勇は歳三に言った。

「歳、いましばらくの辛抱だ。今のところは鴨達をおだてて重要な職務に就いてもらおう。その代わり実際の職務の遂行は我々が行う。幸い鴨は組の将来を真面目に考える気はないらしい」

「つまり名より実をとるというわけですね」

「そう、鴨は飾り物というわけだ」

歳三は深く頷いた。

五月の隊士募集で浪士の数は三十六人に増えた。一隊は局と呼ばれて役職が決められた。いわゆる第一次編成である。

局長　　　　芹沢鴨、近藤勇、新見錦
副長　　　　山南敬助、土方歳三
副長助勤　　沖田総司、永倉新八、原田左之助、藤堂平助、井上源三郎、平山五郎、野口健司、平間重助、斎藤一、尾形俊太郎、山崎烝、谷三十郎、松原忠司、安藤早太郎
調役並監察　島田魁、川島勝司、林信太郎
勘定役並小荷駄方　岸島芳太郎、尾関弥兵衛、河合耆三郎、酒井兵庫

隊士は選考の際に武術の腕前が問われたのみならず、家督を嗣ぐ立場のもの、すなわち長男は除外されていた。過激浪士相手の斬り合いという、生命を落とす可能性のある危険な仕事が予測されていたからである。

勇は満足していた。腕の立つ、気骨ある者ばかり集まったからである。

しかし歳三は三年前の桜田門外の事件のことがいつも頭から離れなかった。あれだけ大勢の警護の者

がいながら、何故いとも簡単に暗殺は成功したのか？　警護に就く者は職業として任務を果たすという義務感を感じて駕籠についている。いわば日常業務である。一方、斬り込む側は命がけである。たとえ暗殺が成功したにせよ、奉行所から探索をうけて捕縛、獄門、晒首の運命がまちかまえている。命がけというより最初から命を捨てているといった方が正しい。同じ力量だとしても気迫において警護側は負けるのである。では勝つためにはどうすればいいのか？　斬り込む側と同様に命を捨てる位の気迫がなければならない。武術の鍛錬には真剣勝負が必要なのではないか。

真剣を使った鍛錬とはどのようなものだろうか、歳三の頭に真剣の怪しい光が閃いたと同時に部屋の襖ががらっと開いて勇が入ってきた。

「土方君、ちょっとこれを見てくれないかね」

隊士の数がふえて武装集団としてまとまりつつあるこの頃、勇は歳というような気易い呼び名は使わなくなっていた。勇は巻紙を広げて歳三にみせた。

「あっ、これは」

歳三はそれを見て仰天した。

「浪士組は武士の集まりとしたい。そのための御法度を作ってみた。隊士達を武士として鍛錬し、何か武士として恥ずかしい落度《おちど》があれば切腹をもって責任をとってもらう。一、士道に背くまじきこと。一、勝手に金策致すべからず。一、勝手に訴訟取り扱うべからず。一、私の闘争を許さず。右条々相背き候者は、切腹申しつくべく候なり。どうだ、名案だろう」

「つまり、厳罰をもって処するということですね。驚きました。ちょうど、私は隊士は命を捨てる志士でなければならないと考えていたところです」

「そのとおり。命がけの危険な任務が我々を待ち受けていよう。隊士選考の際に申し渡して覚悟あるもののみを入局させよう。まだ何か付け加える条項はないだろうか」

「そうですね。私の危惧しているのは危険な仕事のため、やめる者が続出したら浪士組はなくなってしまうかもしれないことです」

「そうだな。では、こうすればいい」

勇は、士道に背くまじきこと、の次に書き加えた。一、局を脱することを許さず。

「これで完璧だな」

「しかし芹沢鴨がなんというか。彼はどう考えても隊規などに従うような人間ではありませんから。例によって怒り出すかもしれませんよ。私はこれ以上異論はありません。幹部の連中の意見を聞いてその後、隊士達に公布しましょう」

局中法度《きょくちゅうはっと》を目の前にした芹沢は勇と歳三に言った。

「これは、局長の拙者にも適用されるものかね」

「もちろん、先生といえどもこの法度は守って戴く。ですからこうやって先生の同意を取り付けるべく参上した次第です。無論我々も遵守する覚悟でござる。芹沢先生の御意見はいかに？」

勇は問い返した。

「局を脱するを許さず、金策、訴訟、私の闘争で切腹。本気でこれを守らせるつもりかね。入局したもののなかには、君らのように百姓あがりの者も多いと聞いた」

勇と歳三は思わず知らず、眉をひそめた。

「およそ人を斬ったこともない人間が単なる憧れだけで武士の真似をしてどうなる。まあ君らが作りたいというなら反対はせん。だが人を斬るということは道場での剣法とは異質のものだ。実戦には度胸が必要だ。いざ腹を切るという段になって、それもできないとなっても見苦しいからな。ところで土方君、君は隊士の稽古に熱心らしいが腕前はどの位なのかね」

「目録。同門の者で実戦経験のあるのは近藤先生位でしょう」

歳三はむすっとして答えた。

「何だ、免許皆伝じゃないのか」

「いやいや、我々はこれまで木刀を用いた稽古をしてきたのみでござる。拙者の実戦というのも少年時代、強盗退治に真剣を使ったというたわいもない話でござる。実戦の方は百戦錬磨の芹沢先生が我々にご教示いただくようお願い申しあげたい」

勇はにこやかな顔つきで言った。

「君らは真剣らしいな。局長の新見君には拙者の方から話をしておこう」

新見が外出先から戻って来た。

「新見君、近藤らが局中法度とかいう大層なものを作って見せにきたぞ」

「ほう、どれどれ。切腹とは随分厳しいものを。これをもって隊士達を統率するわけですか。なかなか結構なものでござる」

「では、新見君。君は賛成かね」

「いいじゃありませんか。しかし、私はそんなものには、お構いなしだ。局中法度は隊士らを取り締まるためのものでしょう。局長の我々には関係のないことだ」

「あっはっは」

鴨は大笑した。

「君も全く、拙者と同じ考えのようだのう。だが奴らは局中法度なんぞ作って妙に真剣だ」

「先生、御心配にはおよびませんよ。どうせはったりに決まっている。大体近藤、土方は農家の出で士道などわかっているはずありませんよ。我々が逆にやつらに士道というものを教えてやりましょう」

「それもそうだな。あっはっは。今夜はうまい酒が飲めそうだ」

また鴨は大笑した。

同じ頃、前川家の方でも隊士達は局中法度をめぐって騒然としていた。

「近藤先生が作られた規律だ。隊士達に絶対遵守させたい。副長の山南さんにも御理解をよろしくお願いしたい」

歳三からこう言われて巻紙を渡された山南は【切腹】と書かれてあるのを読んで驚いた。その胸の内をよんだかのように歳三は言った。

「切腹に驚かれましたかな？　山南さん。私はこの位の規律があった方がむしろ隊士が引き締まっていいと思う」

「土方君、この士道とはどういうものであろうか？　近藤先生は何か話しておられたでしょうか」

傍らにいた総司も巻紙を覗き込んで言った。

「土方さん、士道を踏み外すとは武士として卑怯な行動をするということではないでしょうか？」

「例えば？」

「例えば戦う前の敵前逃亡」

「そうだな。私も切腹をもって責任を取るべきだと思う。しかし私はもっと厳格でもよいと思っている」

「と言うと？」

山南は即座に聞き返した。

「士道とは勝つことだとしたい。つまり戦って相手を取り逃がすと切腹」

山南は歳三の返答に慄然とした。多摩の郷里では優しいだけの男と思っていたのに、いつのまにこんなことを考えていたのか。だが総司の方は真にうけはしなかった。

「土方さん、でもそれなら我々が余程の腕前でなければ、皆いつかは切腹になってしまって浪士組はなくなってしまいますよ」

「総司。俺は違うと思う。失敗を許すような甘い規律では、隊士達は切腹になる前に斬られて死んでしまう。斬り合いの時には一か八か死に物狂いで敵に当たらなければ、暗殺にくる敵は倒せない。赤穂浪士にせよ、井伊公の事件にせよ、相当の警護団がいながら暗殺は成功している。真剣勝負はたんなる腕だけではなく気迫の問題だ。護衛する側も襲撃する側と同じような命がけの気迫が必要なのだ」

「それにしてもちょっと厳しすぎるのではないだろうか？　敵前逃亡をしなくたって、相手がこちらの強さに怖じけづいて逃げてしまうことだってありうるではないか」

山南はまた聞き返した。歳三はいつのまにか、思わず知らずむきになっていた自分に気づいて苦笑した。

「まあ、山南さん。これは私個人の料簡だ。実際に裁断を下すのは局長であるので、私とは異なっているかもしれない。だが私は浪士組を絶対に強くしたいと思っているので、よろしく頼みます」


六月に入って、芹沢鴨および近藤勇が率いる三十人ばかりの隊士が将軍家茂の警護のために下坂した。一行は大坂天満橋の八軒宿、舟宿京屋忠兵衛方におちついた。その日は真夏のような暑さで鴨は隊士達にこうもちかけた。

「こう暑くては何もやる気にならん。どうだ、舟を頼んで川へ涼みに出ないか」

鴨の提案で山南、沖田、永倉、平山、斎藤、島田、野口の八人は一艘の舟に乗り込んで淀川に繰り出した。淀川の流れは速く、船頭の力も及ばず、まるで木の葉のように舟はゆらりゆらりと右左に揺れる。子供のように喜んだのは沖田総司であった。

「こりゃあ、面白い」

「おい、船頭。こんなに速くて揺れるならゆっくり川涼みというわけにはいかない。なんとかならないか」

鴨は怒気を含んでどなった。船頭も必死になるがどうも巧くいかない。そのうち斎藤が船酔いをおこしたため、舟遊びはよそうとようやく河岸にたどりついた。

「やれやれ、とんだ舟遊びだ」

河岸に上がって鴨を先頭に橋のたもとを目指して歩いていると、前方より相撲取りが二人ゆっくりと歩いて来た。鉢合わせになるのを避けるため、鴨が先に声をかけた。

「そこをどけ。どかぬと痛い目に遭うぞ」

「どけとはなんだ。貴様の方が先にどいたらよかろう」

普段から力自慢の力士である。前にいた力士が喧嘩腰で返答をした。この返答の仕方が鴨の怒りに油を注いだ。鴨は俄に腰の脇差しを抜くと、力士に渾身の力を込めて斬りつけた。力士は抵抗する暇もなくどさりとその場に倒れた。後ろにいた二人目の力士は、顔面蒼白になったかと思うとくるりと背を向けて飛ぶようにその場から逃げ去った。

「まあ、いい。捨てて置け。こしゃくな奴め」

後からついてきた面面はこの鴨の暴挙に少なからず驚いたが、そのまま遊郭の住吉屋に揚がって一服していた。しばらくすると外でがやがやという人の気配がする。鴨がなんだろうと障子を開けてみるとただならぬ光景に我が目を疑った。

「浪人ども、降りてこい。仲間を殺されて黙っておれるか。仕返しをしてやる」

およそ五、六十人の力士達が樫の八角棒を手に携えて口々に叫んでいる。

「今度は多勢に無勢だな。面白い。受けて立とう」

鴨は大刀を鷲摑みにすると立ち上がって総司の方を振り返って言った。

「おい、沖田。今日は人の斬り方を教えてやろう」

鴨は先頭をきって郭《くるわ》より飛び出した。黙って見ている法はなしと山南、沖田、永倉、平山らも続いて飛び出した。八方より攻めてくる力士相手から鴨を守るように七人が円陣を作った。総司が横にいる永倉に向かって言う。

「私は鴨が売った喧嘩に巻き込まれて人は斬りたくないですよ。大体、これは任務以外の私闘ではないですかね」

「局長もいるしまさか切腹にならないだろう。しかし私も力士を殺すのはまっぴらだ」

永倉は答えた。喋っているうちに屈強な力士が永倉の腕を打ち、手に持っていた脇差しがころころと落ちてしまった。急いで拾い上げる隙をみて力士が八角棒を突き出してきた。ようやくその一撃を避けた永倉は力士の肩をめがけて斬りつけた。

「わっ」

その力士は棒を置き去りにして逃げ出した。総司は剣を頭上でぐるぐる振り回して力士を近づけないように必死になっている。山南は逃げ出す力士の背中めがけて斬りつけた。双方入り乱れて戦ううちに力士の方から斬られて倒れるものがでてきた。

「引き揚げよう」

剣相手では劣勢とみた力士達は初めの勢いはどこへいったか、我先に逃げ出した。あとには三つばかりの死体が残っていた。

「後は追わなくてよい。我々も引き揚げよう」

一同は舟宿京屋に引き揚げると近藤勇に喧嘩の様子を伝えた。

「芹沢先生、これは奉行所に届けておかなければ、あとで面倒なことにならないとも限らぬ」

勇は、何者ともわからぬ相手が喧嘩を仕掛けてきたので無礼討ちにしたと大坂の西町奉行所に届けた。その後、力士側からも届けがあったが結局、浪士組には沙汰無しということに落ち着いた。さらに相撲年寄りは、後難を恐れて浪士組に迷惑をかけたと詫びをいれ、京での相撲興行を約束した。鴨もすっかり機嫌をなおして相撲年寄りと一緒に酒を飲んで仲直りをした。

「近藤先生、今度の相撲取り相手の喧嘩は局中法度を無視しているようなものではありませんか」

話を聞いた歳三は勇にくってかかった。

「まあまあ、相撲年寄りも詫びをいれてきていることではあるし、力士の方にも落度があったのに違いない」

「総司は道をどく、どかないの些細なことから始まったと言っていますよ」

「…………」

勇も沈黙してしまった。歳三は、浪士組の将来に心を砕いている矢先に、何人もの死傷者を出した事件のことを聞かされて暗澹《あんたん》たる思いがした。

それからまもなく、八木家にいる鴨の所にお梅という美しい女が出入りするようになる。お梅は四条堀川の呉服屋菱屋太衛《ひしやたへえ》の愛妾で、支払いの悪い鴨を相手に代金の取り立てに来ていたのである。そのうち鴨が気に入って自分の妾にしてしまったため、八木家にいるようになった。

「あれだけいい女だと惚れたくもなる」

隊士達は囁き合った。目許《めもと》の美しい女であったと伝わる。

一方、鴨の粗暴な振る舞いは止まるところを知らなかった。ある宴会の夜のことである。島原の角屋《すみや》で酒に酔った鴨は、梯子段の手すりを引き抜く、流し場の瀬戸物を木端微塵に打ちこわす、という狼藉を働いた。歳三は永倉と二人でその狂態をじっと見つめていた。

〈鴨が酒乱とは聞いていたが、これほどだとは……〉

鴨は角屋を出る際、二人に気づいた。

「いや、これは土方君。君はいつも難しい顔をしているがどうしてかね？　拙者は愉快な夜でござった。これで日頃の鬱憤が晴れもうした。一足お先をいたす。あはは」

鴨は狂的に大笑いすると角屋を退出した。歳三は屯所に戻ると勇に言った。

「あの男がこれ以上乱暴を働くならば、容保公は我々浪士組を解散するに決まってますよ」

「…………」

勇は腕組みをして黙って聞いていた。

この頃の京都の政局は前年のテロリズムの脅迫によって、急進的な尊攘派によって支配されていた。長州藩の過激な尊攘派浪士の暗躍《あんやく》によって朝廷も長州系の公家が力を持つようになる。この勢いを利用して一気に倒幕にもちこもうとの企てが地下で潜行していた。これを指導したのは長州の真木和泉、桂小五郎であった。すなわち天皇を攘夷祈願のためと偽って大和に連れ出し、それに呼応して倒幕の兵を大和と生野で挙げる。大和では天誅組が農兵を集めることになっていた。

六月になって尊攘派浪士達の間で頻繁に会合がもたれるようになる。この動きが幕府側に知られないはずはない。ただし同じ壬生浪士組でも芹沢派と近藤派の反応はかなり違ったものであった。天誅組の松本奎堂、藤本鉄石、吉村寅太郎は軍資金集めのために京都の豪商に目を付けた。

七月、糸問屋の主人大和屋庄兵衛も脅迫された一人である。結局、命と引き替えに一万両の大金を差し出した大和屋のことを聞いた鴨は、浪士組にも献金せよと八月十三日、五、六人の部下を引き連れ大和屋に押しかけた。その日、庄兵衛は不在で代わりの者が断ると鴨は例によって激怒し、大砲を引っ張り出して大和屋の土蔵めがけて発砲した。火の勢いが強く、火消しが出てきたが、鴨は止めようともせず野次馬と一緒に面白がって翌日までこの暴挙を続けた。

一方、平野国臣《くにおみ》に目を付けた京都守護職の命を受けた近藤らは、その潜伏場所をつきとめるのにやっきになった。平野は筑前黒田藩の出身で国粋主義者。倒幕を主張する書物を著して明らかに幕府に反旗を翻していた。歳三はその平野が場所を変えて度々尊攘浪士と接触するという情報にただならぬ雰囲気を感じていた。

八月十三日、壬生浪士組は朝廷から【新選組】という名前を戴いて、市中取り締まりを正式に任命された。これは近藤らが首を長くして待ち望んでいた処遇で一同大喜びした。隊士も七十人にふえ、これで尊攘浪士の捕縛も思いのままというものだ。だがその一方で鴨の妄動に呆れ返った歳三は妙に思いつめた様子で勇に言った。

「近藤先生、もう鴨はあきらめよう。現に天誅組と何ら変わるところがないではないか。鴨がいては京の町を暴力から守る新選組の行く末にもかかわる」

「斬るか?」

歳三はゆっくり頷《うなず》いた。

「しかし、鴨らを亡きものにするのは容易なことではないぞ」

「わかっています」

「腕は神道無念流、免許皆伝。真剣では総司でさえ相討ちになるかもしれない」

「仕方ありません。真っ向から向かって勝てないならあとは策をめぐらすのみですよ。まずは近頃、怪しい動きのある尊攘浪士の捕縛。鴨らの始末はその後に」

今度は勇が頷いた。

八月十三日突如として大和行幸の勅命が出された。もちろん三条実美ら長州系の公家が出した偽勅であったが、倒幕という隠れた陰謀に気がついた松平容保は行幸を阻止すべく動きだした。中川宮を通じて行幸の真意を伝えられた孝明天皇は、驚いて勅を発して行幸の延期と今回の陰謀に係わった三条実美ら二十名の公家の参上を禁止した。さらに使者がたてられ長州藩は兵力をまとめて長州に帰るように諭された。これがいわゆる八月十八日の政変といわれるものである。

この間、長州兵による反撃も予想され御所の周りは緊迫した雰囲気に包まれた。御所は会津藩、薩摩藩、淀藩により守護され、新選組も仙洞御所を警護した。結局、長州が武力行使を諦め、参上を禁止された七人の尊攘派公卿と共に長州に向かったので武力衝突は起こらなかった。新選組も警護の任を解かれた。

八月二十四日未明、歳三は一番隊から十一番隊まで、隊士を総動員して平野国臣の捕縛にのりだした。三条大橋東詰め近くの旅亭豊後屋友七方に潜伏の報を得たためである。結局、平野には逃げられたが古東領左衛門《ことうりょうざえもん》を捕縛した。古東は天誅組の一人で平野の同士として倒幕運動に加わっていた。初めての手柄に歳三は満足の笑みをたたえて屯所に戻った。その証拠に後に歳三はこの時に用いた鉢金を三条縄手の戦いのものとしてわざわざ郷里に送っている。


それから数日後、近藤勇、土方歳三は守護職に呼び出しを受けた。二人を饗応したのは家老の田中土佐であった。

「近頃、巷で悪評の高い芹沢鴨のことであるが、残念ながら殿の耳にも聞こえている。殿はできれば近藤殿が新選組を差配するようにと願っておられる」

勇と歳三の二人ははっと面をあげた。田中はさらに続けていった。

「鏡の鋳造には青銅を使用するを常とするが、なかには白鑞《しろみ》というをもって鋳造したのがある。一見、銀と見えるが、さりとてそれがどこまで銀の代用に宜しいという理でもござらぬでの」

田中は意味ありげに含み笑いをした。

「殿よりさような御言葉を頂戴するまでもなく、拙者、近藤と土方が組を統率して精勤したいと念じておりました。必ずや御期待にそってその名に恥じない、新選組をつくりあげたいと存じます」

勇は深々と頭を下げた。二人が屯所に戻ると総司が待っていた。

「御帰りなさい。何か大事な用件でもあったのですか？」

「まあな」

歳三はぶっきらぼうに答えると着替えに自室に入った。総司は今度は山南の所に行って言った。

「今日、局長と土方さんが黒谷の本陣に呼ばれて帰って来ましたが、何かあったのでしょうかね。二人ともなんというか妙に深刻な感じで帰って来ましたが、何か重要な用件でも命令されたのでしょうかね」

「仕事なら局長の方から追って沙汰があるだろう」

「大捕り物でも命令されたのかなあ」

総司が気をもんでいると今度は歳三の方がやって来た。

「総司、ちょっと来てくれないか」

歳三はさらに言った。

「久しぶりに散歩に出よう」

二人が連れ立って歩いて行ったのは屯所と目と鼻の先にある壬生寺であった。鬼ごっこをしていた子供達が総司の姿を見て駆け寄って来た。

「いつものお兄さん、一緒に来た人は誰？」

初めて見る歳三の姿に子供達は不思議そうな顔をして聞いた。

「一緒に仕事をしている人だ。今日はこの人と大事な話があるから、鬼になるのはまた今度だ」

子供達はにこりともしない歳三に相手になってもらえそうにないとわかると、二人から離れていった。

「お前、いつも子供と遊んでいるのか？」

「いやあ、土方さんにばれてしまいました」

総司は赤面した。

「稽古の合間にここに来ているんです」

「まあそれはいいのだが」

歳三は一瞬、どう言っていいか迷いつつ、きり出した。

「さっき、守護職の方へ近藤先生と呼び出されたのは、お前も知っているだろうが、重要な任務を申し付けられた」

「えっ？　どんな？」

歳三の口調にただならぬ雰囲気を感じて思わず聞き返した。

「実は」

一瞬、沈黙の時が流れた。

「鴨を亡きものにせよと」

歳三はさらに続けて言った。

「容保公は近藤先生が新選組を牛耳ることをお望みだとか」

「そんな大それたことが巧くいくでしょうか」

総司の身体に武者震いが起こった。

「もちろん、簡単なわけはないさ。鴨を一人というわけにもいかないからな。だがこれは新選組の将来のために避けることのできない任務だ。近藤先生がお前にはすぐに知らせろとのことだ。他の隊士に口外するなよ。いずれ詳しく話があるだろう」

大の男が二人、寺の境内から立ち去って行く後ろ姿を、遊んでいた子供達は不思議そうな面持ちで眺めていた。

九月十八日の夜はどしゃぶりの雨が降っていた。天がまるで歳三らの悪行を覆い隠すかのように。

この時すでに新見は消されていた。すなわち歳三はこの数日前、祇園の料亭『山諸《やまお》』にいる新見の前に姿を現し、いままでの非行の数々を挙げた。非行を挙げるのは難しいことではなかった。新見は鴨に似て民家から金品を強奪したり、その金で遊蕩にふけることを常としていたからである。

「よって局中法度、士道に背くべからず、に背いたによって貴公に切腹を申し渡す」

この最後の言葉に新見は度肝を抜かれた。

「なにを血迷うたか、土方。貴様のような百姓あがりに何がわかるか」

「私は本気ですよ、新見先生。局中法度ができた時、芹沢先生からもお聞きになっているはずだ。これは局長であろうと誰であろうと適用される定めだ。今ここで切腹してもらう」

歳三の妙に落ち着き払った声が新見に強圧的に迫った。

「とにかく屯所に帰らせてくれ。話はそれからだ」

「あなたはもう逃げられませんよ。介錯してくれる人も来ていますから」

今度は総司が姿をあらわした。この段になって初めて新見は自分がどんな立場に置かれているかを知った。そして今まで近藤一派を軽く見ていたことを後悔した。

「くそっ」

新見は刀を抜いた。抜いた刀をどうするか一瞬の迷いが生じたが新見は観念した。目の前にいる歳三を斬らずに自分の腹に刀の抜き身を突き立てた。まもなく総司の刀が振り下ろされた。後始末が終わって総司は歳三に言った。

「危ないところでしたね。新見が土方さんに斬りかかるのではないかと、はらはらしました」

歳三は屯所に戻って近藤に報告した。

「いかにも武士らしい最後で見事でした」

新見を切腹に追いこんだ数日後、今度は八木家に忍び込み芹沢、平山が寝しずまったかどうか障子を覗いている歳三がいた。二人が泥酔して寝息をたてているのを見届けると、歳三は沖田、原田、山南と共に一気に寝室になだれこんだ。刀はすでに抜かれていた。総司の最初の一撃が鴨に加えられた。これで鴨は起き上がり暗殺者の方を振り向いた。

「おのれ、貴様」

鴨はそばにあった脇差しを摑むと総司に必死の反撃を加えた。脇差しはわずかに総司の顔面に届いてかすり傷をおわせた。しかし鴨の反撃ももはやこれまでであった。歳三が致命傷の二の太刀を加えた。鴨は暗殺剣から逃れようと隣室まで到達したが、そこで寝ていた家人の蒲団のところまで来て絶命した。一方、平山は原田、山南によって斬られた。暗殺者達は目的を果たしたとみるや否や速やかに姿をくらました。こうして八木家の惨劇はものの数分で終わった。後には鴨と平山、そして鴨と一緒に寝ていたお梅の無惨な姿が残っていた。

こうして芹沢派は壊滅した。局長は近藤勇、副長に土方歳三および山南敬助が就き、新選組は完全に試衛館出身の者によって牛耳られることになった。市中取り締まりが厳重に行われ、倒幕勢力の運動は地下に潜んだ。捕縛の対象となったのは長州藩士で下手に抵抗すれば斬殺されることもあった。

歳三は隊士相手の剣の稽古、市中取り締まり、執務と激務ながら充実した日々を送っていた。一方で夜は花街で遊んでいたという人間的な一面も伝えられている。

文久三年十一月、歳三が多摩の小島家に宛てた手紙が残っている。

【尚々、拙義共、報国の有志と目がけ、婦人慕い候こと筆紙に尽くし難く、まず島原にては花君太夫、天神、一元、祇園にてはいわゆる芸妓三人ほどこれあり、北野にては君菊、小楽と申し候舞妓、大坂新町にては若鶴太夫、外二、三人もこれあり、北之新地にては筆にては尽くし難くまずは申し入れ候】

歳三の得意満面な様子がうかがわれる一文である。

十二月のある日の午後、歳三が文机に向かっていると、二条城に伺候していた勇が戻ってきた。

「歳、喜んでくれ。幕府が新選組への禄位給付を決定した。今度は素直に受けることにしたよ」

十月には恐れ多いという理由で一度は辞退した勇であったが、ついに幕府の勧めに応じた。

「拙者は大御番頭取、五十両。お前は大御番組頭として四十両の支給だ。有り難い。これで御隠居に楽をさせてやることができる。総司らは大御番組、三十両だ。だがこれに相当する働きをせねばならぬ。これからが問題だな」

勇は至極満悦といった体で歳三に話しかけた。

「まだそう大した働きもないのに、我々に対する期待大といったところですな」

「まあ考えてみれば、この位の待遇でなければ優れた人物を入隊させることも難しいかもしれないな。斬ったり斬られたりの命がけの仕事だ。時には嫌な仕事もしなければならない。ところで歳、近頃、お前宛ての手紙が多いようだが」

歳三は急に話題が変わって狼狽した。

「気がつかれておりましたか？」

歳三は自分の顔が赤くなるのを意識しながらようやく言った。

「実は、京に来てこんなものを貰うとは思わなかったのですが、女性からの恋文ですよ。京の女は私のような無骨者が好みなんですかね」

歳三はほとんどしどろもどろであった。

「何、祇園、島原？　あっはっは。お前らしいな。歳は色事で失敗してから剣の道にのめりこんだと、姉ののぶさんが言っていたことがあったぞ。お前なら拙者や総司のような不器量な者とは違って女の方がほっとかんだろう。京女にもてるとは結構じゃないか。そう言えばそろそろ隊士にも所帯をもったり囲ったりするものも出てきている様子だ」

勇は歳三の恋文の話に格別驚いた風もなく呟いた。

この後、歳三は茶目っ気をだして何通かの恋文を江戸の試衛館に送りつけて、門人達を驚かせたという逸話が伝えられている。

こうして新選組の体制は整えられ、京の都もさしあたって平穏さを取り戻して文久三年は暮れていった。

## 池田屋騒動

明けて元治《げんじ》元年。上洛して二度目の春がやってきた。

四月、松平容保の弟の桑名藩主松平越中守定敬《さだあき》が京都所司代に就任。これで兄弟が京都の警察権を支配することとなる。四月末、見廻り組が結成された。見廻り組は旗本の二男、三男により結成され、御所や二条城の警備を担当することになった。

一方の新選組は祇園から三条、四条辺りの歓楽街、住宅街を担当しており、これで幕府は完璧な警備を目指したのである。

「ああ、こう静かだと刀もなまくらになっていけねえや。斬り合いの一つや二つないとせっかく京に来たかいもねえや」

こううそぶいたのは原田であった。確かに京の町から長州系の志士の姿は消えていた。だが歳三は必ず巻き返しを図るに違いない、と見ていた。その予測を裏付けるかのようにこの頃から情報がはいりはじめた。長州なまりの商人風の男達がいるとの噂である。

その後、山崎、島田魁《かい》らの探索により四条西木屋町で古道具商を営む桝屋《ますや》喜右衛門方に、西国《さいごく》浪士が頻繁に出入りしていることが明らかになった。この不穏な動きを取り調べるべく、六月五日朝五つ時、新選組は桝屋喜右衛門を捕縛して屯所に連行した。桝屋を連行した武田観流斎《かんりゅうさい》は近藤、土方に報告した。

「残念ながら宮部鼎蔵《みやべていぞう》には逃げられました。ですがやはり桝屋方の邸内には長持ち一杯に槍、樽に火薬が詰めこまれており、大がかりな襲撃を謀っていた模様です。桝屋方に着いた時、喜右衛門は手紙を火中に投じているところですぐに止めさせたのですが、手紙の断片からも推察されるように大変な謀り事があるに違いありません」

武田が差し出した紙の断片には【機会を失わせざるよう】【烈風を期とすべし】という文句がみえており、武田の言うことに間違いはなかった。

「武田、よくやった。直ちに枡屋を蔵にて取り調べる。調役に連絡してくれたまえ」

近藤、土方が蔵に入った。枡屋はむすっとした表情をして筵の上に座っており、そばに調役の島田魁、川島勝司、林信太郎が待機していた。歳三はじろっと一同を見回した。

「今日は特別に近藤先生の立ち合いのもとで私が尋問する。お主が枡屋喜右衛門だな」

歳三は枡屋に向かって尋問を始めた。

「…………」

枡屋は何も答えない。

「本名は？　枡屋というのは偽名だろう」

「…………」

「貴様の家に肥後の宮部鼎蔵らが出入りしていたのは、四日前我々が宮部の従僕を捕らえて聞き出している。それにこの手紙は何だ？　何を企んでいるか、言いたまえ！」

「…………」

人を食ったような顔つきで押し黙っている枡屋にだんだん歳三は腹がたってきた。

「これ以上、何も言わないと痛い目に遭うぞ」

「…………」

「仕方あるまい。腕ずくで聞き出すしかない」

「…………」

「島田君、済まないがこの御仁を縄で縛って逆さに吊るしてくれ」

「わかりました」

島田は淡々とこう答えると歳三の命令を実行し始めた。逆さになると下手人は頭に血がのぼって苦悶状態となるので、労せずして自白に追い込むことができる。四日前、宮部鼎蔵の従僕忠蔵の場合もそうだった。しかし予想に反し、逆さに吊るされた枡屋は時折、

「ううう」

と唸り声を挙げるのみで何も語ろうとはしない。

〈一体全体、何を企んでいやがる？　あの武器、弾薬は誰を狙っているのか？〉

枡屋の決死の覚悟を見た歳三は、余程重大な陰謀が隠されているに違いないと見てとった。

〈なにがなんでも聞き出さねばなるまい〉

「喋らぬか。これ以上言わぬとお主の命はないとおもえ」

「…………」

「島田君、済まないが五寸釘を足の甲から裏につきたてて釘の上に蠟そくをたててくれ」

「？？？」

「わかりました」

周囲の者の驚きをよそに相変わらず淡々と忠実に命令に従う島田ではあったが、実はそばに居た者のうち局長の近藤勇が内心は一番、歳三の徹底したやり方に驚いていた。蠟そくに火が点《とも》された。蠟そくはとろりとろりと融けてその蠟は傷口にしみこんで枡屋を苦しめた。たとえ死んでも言うまいと覚悟を決めていた枡屋もこの残忍なやり口には耐えかねた。結局、土方歳三の執念が枡屋の口を割らせた。

「ううう。喋るから降ろしてくれ」

「それは確かか」

「確かだ」

「よし。降ろして、縄を解いてやれ」

息もたえだえになって枡屋は喋り始めた。本名、古高俊太郎《ふるたか》、近江出身。六月二十日頃の烈風の夜、御所の風上に火を放つ。その混乱に乗じて佐幕派公卿の中川宮を幽閉し京都守護職松平容保と薩摩の島津久光を暗殺し天皇を長州へ動座する。六月五日から七日までの間に、主に長州の脱藩浪士からなる同志が、約四十人集まって市中で会合がもたれることになっているが、その場所は連絡を待っていたためわからずと。近藤、土方は驚愕した。この動きを阻止しなければ大変な事態を引き起こしてしまう。すぐに会合場所をつきとめて浪士を捕縛しなければ。

「歳、出動可能な隊士の人数を調べてくれ」

勇は動揺していた。仕事の時には土方君としかいわなかったこの頃であるが、つい「歳」と昔の癖で呼んでいることにも気がつかないでいた。歳三が副長助勤を集めて出動可能な隊士の数を確認したところ、食あたり、その他夏の暑さで体調のすぐれない者が多く、わずか三十人余りであった。

「敵が四十人では、とても我々の手におえんな」

勇はにがにがしくこう言った。

「会津藩に連絡をして応援の兵を頼もう。歳、どうする？」

永年、共に剣を修業してきたため歳三は勇の言わんとすることがすぐにわかった。歳三は勇の期待感のこもった視線をひしひしと感じながら、頭の中で策をめぐらせた。

「まず隊を二分して市中を探索しよう。応援の兵は可能な限り大勢頼んで我々の動きを補佐してもらう。探索はいつもの警備範囲で鴨川を挟んで西と東に分かれて行う。敵は必ずその中にいるに違いありません」

「よし、会津藩に直ちに連絡してみよう」

勇が会津藩に連絡したところ、夕五つ時、祇園石段下の町会所に京都所司代を務める桑名藩、彦根藩、町奉行所から応援の兵が駆けつける、とのことであった。夕刻が近づくと、壬生の屯所では撃剣の胴と鎖の着込みに身を固めた隊士達が三々五々、町会所に向かって出発する姿が見られた。

夕刻になると隊士達は町会所に集まって来た。

「夕五つ時まではとても待っていられない」

しびれを切らした歳三は勇に言った。

「お前もそう思うか」

「料亭、旅籠、茶屋など会合場所になりそうな所は数多くありますからね。早くしないと会合も終わってしまうかもしれない」

勇は決意した。夕六つ時、応援を待たずに新選組だけで探索を開始した。土方隊は総勢二十四人で祇園界隈から縄手《なわて》通りに出て北上し、一方近藤勇は総勢十人で四条河原町から木屋町筋を三条通りに向かって長州浪士の姿を求めて狂奔した。鴨川べりは夕涼みに集う人達の姿が多い。

祇園祭を控えて京の都は華やかな夜をむかえていた。祇園囃子が微かに耳に聞こえてくる。土方隊は、浮かれた気分でそぞろ歩きをしている人達の群れを横目で見ながら、祇園嶋村屋、茶屋越房《えつふさ》、宮川町の妓楼井筒《いづつ》、縄手通りの小川亭など次々に御用改めをしていった。むし暑い夜であった。ただでさえ暑いのに着込んでいる隊士達は汗だくになった。小川亭まで調べて長州浪士の姿はなかった。

〈さては会合場所は近藤先生の方面にあったか？〉

そんな想いが歳三の脳裏に浮かんだ。

話は前後するが長州浪士達は夕刻になって三条小橋にほど近い池田屋に集まってきた。古高俊太郎が捕らえられたことで、その前後策を協議するための緊急の会合であった。集まったのは肥後の宮部鼎蔵《みやべていぞう》、長州松陰門下の吉田稔麿《としまろ》、桂小五郎、杉山松助《まつすけ》、肥後の松田重助《じゅうすけ》、林田の大高又次郎、土佐の望月亀弥太《かめやた》など大物揃いで、およそ三十人ばかりであった。古高が捕らえられたことで計画実行が危ぶまれたが、古高は口を割らないだろうと考えられたため計画どおりということになった。話し合いは終わり、酒宴が始まった。古高の安否が気遣われるとともに連行した新選組を罵る声が聞かれた。

「いずれ壬生の屯所を襲撃して古高を奪回してはどうか？」

浪士の一人がこんなことを言い出した時である。池田屋では大変な事態が起こりつつあった。

新選組の近藤隊が、浪士達が池田屋にいることに気づいて乗り込んで来たのである。浪士達の潜伏に気づいた勇はまず十人の隊士のうち谷万太郎、武田観柳斎《かんりゅうさい》、奥沢栄助三人を表口に、浅野藤太郎、安藤早太郎、新田革左衛門を裏口に待機させた。

斬り込みは近藤勇自身と沖田総司、永倉新八、藤堂平助の腕利きによって行われた。勇は玄関に入るや否や大声で怒鳴った。

「主人はおるか、御用改めであるぞ」

主人の惣兵衛は何事かと座敷からあたふたと姿を現した。勇の姿を見ると驚愕し、梯子段の所に駆けつけると二階に集まっている浪士達に向かって叫んだ。

「みなさま、旅客調べでござります」

勇は抜刀すると真っ先に二階に駆け上がり、驚いて立ち上がり、なかには早くも抜刀する二十人余りの浪士を睨みつけて言った。

「無礼すまいぞ」

二階の灯りは吹き消された。数人が早くも窓から身を踊らせて屋外へ脱出した。二階での戦闘が難しいと判断した勇は、階下に降りて浪士達の降りてくるのを待った。近藤勇は沖田総司と共に裏座敷に、永倉新八と藤堂平助は表座敷に陣取った。浪士達の悲惨な結末を想えば、この時点で逃亡すれば命拾いしたものを、何人かの浪士は新選組きっての剣士に立ち向かって命を落とした。逃亡した者は二階の窓からあるいは階下に降りて、土間を駆けぬけて裏口から脱出した。戦意旺盛な者、あるいは逃げ遅れた者が新選組の剣士と対峙を余儀なくされ、その刃のもとに倒れた。

土方隊が縄手通りに沿って進み、ついに三条小橋のほど近くまで来た時、同じ隊の近藤周平が橋の西側を指さして言った。

「土方先生、橋の向こうで人の動きがあるようです。何があるのかひとつ私が様子を見てきましょう」

周平は歳三の返事も聞かずに一人で走り出した。まもなく周平は血相を変えて戻って来た。

「土方先生、大変だ。橋のすぐ向こうの池田屋で、近藤先生達が浪士達と斬り合いをしています。藤堂さんが池田屋で倒れています。激戦の模様です。一刻も早く来てください」

土方隊は直ちに池田屋に急行した。池田屋に着くと槍を手にした谷万太郎と武田観柳斎が表口に居るのに出会った。歳三は谷に聞いた。

「どうだ、中の様子は？」

「中では沖田君と藤堂君が戦えないので近藤先生は苦戦しているかと思います。私は先程一人浪士を討ち取りました」

なるほど、脇に誰ともわからない死骸が転がっていた。

「中にはまだ浪士がいる模様です。不意をつかれないよう気をつけてください」

歳三は、刀を抜いて玄関に入ると肝を潰した。脇には藤堂が顔面、血だらけになって倒れていて、これまた顔面蒼白な総司がそばで横になっている。階段の脇には恐らくは切腹して果てた浪士が倒れており、そこここの家具、調度品類は目茶苦茶に壊されている。それに夏の暑さが血の匂いをさらにひどくしていた。一瞬、歳三は目がくらみそうになったが、いつもの気合いが聞こえてきて気を取り直した。

勇の気合いである。歳三はその声を発する主のもとへ進んだ。座敷に上がるとそこはまさに地獄絵であった。座敷にはざっと四人ばかりの浪士が無惨な姿で倒れている。座敷は血だらけで毛髪や肉片が散らばっている。歳三は後続の部下と共に座敷に一気になだれこんだ。その様子に勇や永倉と対峙していた浪士達は戦意を失った。

「生け捕りにせよ」

歳三は思わず知らず叫んでいた。

戦いは終わった。結果は新選組に若干の手負い、死人もでたが浪士達の完全な敗北に終わった。屋内外を問わず討たれた者十六人、捕らえられた者二十余人。

翌日の昼、新選組は意気揚々と壬生まで凱旋し、その様子はまるで赤穂浪士の引き揚げのようであったと伝わる。

## 壬生の鬼

きくは動かしていた手をふと休めて頭を上げた。今朝から軸物の表装に取りかかっていたのだが、ふと人の気配に気づいて立ち上がって表口の方に向かった。見慣れない男が二人立っており、きくはおそるおそる聞いた。

「どちらはんどす？」

一人は袖に白い山形模様の付いた薄青色の紋付羽織を着ており、もう一人は黒木綿の羽織でまげを高くした色の白い武士であった。

「会津守護職預かり、新選組の者ですが」

薄青の羽織の方が言った。きくはびっくりした。新選組の名前は池田屋騒動の噂と共に京の都じゅうに知れ渡っていた。赤穂浪士さながらの活躍は近頃、人々のもっぱらの話題であった。きくは池田屋騒動の話は瓦版や近所の人の話から知っていた。新選組という名は耳慣れないものであったが、江戸から来た剣客が長州浪士相手に斬り結んだ事件は、政治に疎いきくにも時世というものを感じさせてくれるに十分であった。

「なにかご用どすか？」

きくはおそるおそる聞いた。

「お内儀はおひとりか」

今度はまげの高い方が口を聞いた。

「家人はちょっと出ておりますが」

「池田屋の話は耳にされているとは思うが、西国浪士がこの近辺に潜伏しているとの報せがあり捜索している。なにか心当たりはござらぬか？」

「いいえ。そのような話は耳にしておりませんが」

「もしなにか気づいたら近くの奉行所に届けてくれたまえ」

色白の武士がそう念を押して言ったときに、きくはその端正な顔立ちに注目せざるを得なかった。なにか思い詰めているようにも見うけられた。

〈この人はどんなお人なんやろな？〉

ごく素朴な疑問がきくに浮かんだところで色白の武士は考え直したように口を開いた。

「念のため、上がらせてもらおう。この近辺の家をしらみつぶしに当たっている。申し訳ないが、中も見せてもらいたい」

きくは思いがけない申し出にとまどった。

「散らかってますし、他の日ではあきまへんか？」

きくはきっとなって言った。

「我々にお構いなく。ちょっとの間ですぐに終わりますから」

色白の武士はにこりとした。きくは見知らぬ武士を上げることにかなりの抵抗を感じながらも二人を玄関から土間に請《しょう》じ入れた。土間の奥に炊事場があり、きくの仕事場である手前の座敷には、請け負った軸物、掛け軸が所狭しと並べられており、その傍らにはのりやはけが置かれていた。さらに奥にも座敷と裏庭が見えたが、置かれている家具や着物から女ばかりの所帯であることが察せられた。怪しい者はどこにも見当たらなかった。

「見てのとおり、母、妹と女ばかりで暮らしてますさかい。どうぞお引き取りやしておくれやす」

「土方先生、ここには居ないようです。早く出ましょう」

薄青の羽織はばつが悪くなって言った。

「お内儀、失礼した。浪士が西本願寺近辺に多数潜伏の報せがありわざわざ壬生より出てきた。女三人ではぶっそうでしょう。戸締まりには十分お気をつけください」

薄青の羽織はこう付け加えると歳三を促して外に出た。では、ときくが二人に会釈した時、きくと歳三の目が合った。優しく涼しげな目ではあったが意志の強さを秘めた目だ、ときくは思った。

一方の歳三の方は何の故あってお歯黒をした婦人が女ばかりで暮らしているのかと思うと、不思議でもあり、不憫でもあった。瞬間お互いに何かの結びつきを感じた二人ではあったが、言葉を交わす暇もなくそれで別れた。

その後、歳三は壬生での仕事に追われてきくのことは思い出さずにいた。緊迫した政治状況が歳三に暇を与えなかったのである。一方きくの方はしばらく歳三の目差しを忘れることができなかった。壬生の新選組の土方、それのみがきくの歳三についての知っているすべてであった。歳三を忘れる事ができないまま、いたずらに月日は過ぎた。

この頃すなわち六月十六日、池田屋騒動の報に接した長州藩は、これを機に前年の八月十八日の政変で追放された七卿と藩主父子の赦免を請願するために、兵力約千八百の大軍を国元から上京させた。しかし赦免請願は名目上のもので、その実は幕府との武力対決であった。総帥である家老福原越後《えちご》は三百余、久坂玄瑞《くさかげんずい》、真木和泉は三百余、来島又兵衛《きじままたべえ》、国司信濃《くにししなの》は六百余、益田右衛門介《ますだうえもんすけ》は六百余の兵をそれぞれ率いて伏見、天王山、嵯峨天竜寺、八幡《やわた》を目指した。

歳三が六条近辺を捜索しきくに出会った二日後、新選組は会津藩から長州諸隊が大坂から上洛進軍中との報せを受けた。新選組は俄《にわか》に緊張した。長州の動きに対して慶喜は幕府、会津、桑名、薩摩などの藩兵に守備を固めさせた。新選組は銭取橋《ぜにとりばし》そばの九条河原に詰めて警備することとなった。この頃から京の人々の間でも長州と幕府の間に戦《いくさ》が始まるという噂が広まり、家財道具を大八車に積んで家を離れ郊外に避難する人も多くいた。

〈やはり、来たか〉

歳三は思った。池田屋騒動に対して長州は必ずや報復行動に出るだろうと以前から予想されていた。例えば池田屋騒動の直後から、長州人が新選組の屯所に斬り込むのではないかとの風聞しきりで、屯所の警備には万全の注意を怠らなかった。だがこのような大軍が押し寄せてくるとは近藤、土方も予想だにしなかったことである。

「おい歳、長州はまだ懲りずに本気で御所を乗っ取るつもりらしい。どうやら我々は火を消すのに油を注いでしまったようだ」

「ますます面白くなってきた。攻めてきたら戦えばいい」

歳三は平然と答えた。大変なことを引き起こしたと思う半面、面白いと思うのはこの男の生来の戦《いくさ》好きな素質を物語っている。

「隊士の士気を高めるために軍規を作ろう」

歳三はそれから半時余り、文机に向かって何やら紙に書きつけていた。

「できた。近藤先生、見てくれませんか」

「組頭討ち死におよび候時、その組衆、その場において戦死を遂ぐべし。なるほどお前らしいな、よくできている」

厳格を極めた陣中法度に勇は満足した。

「どうせなら目立った方がよかろう」

歳三は、今度は赤地に誠の字を白く染め抜いた旗を特注した。

一方の勇も負けじと主張した。

「甲冑《かっちゅう》を着て出陣しよう」

「これではまるで戦国時代に逆戻りだ。近藤先生も土方先生も三国志の英雄のつもりらしい」

傍らにいた総司はほとんど呆れ顔になっている。

六月十八日、助勤以上は甲冑姿で、隊士は誠の羽織に身を固めて、総勢百名が銭取橋《ぜにとりはし》そばに陣取った。布陣先には赤地に誠の字を白く染め抜いた旗がひらめいている。歳三は考案した軍規を連日、隊士達に読んで聞かせた。長州勢が伏見、山崎および天王山、嵯峨に陣取る一方、幕府は御所を会津藩、桑名藩、薩摩藩で固め、竹田街道筋の九条河原には新選組および会津藩が陣取ってお互いに睨み合う状況が続き、七月になった。ところが七月になっても長州勢はなかなか兵を動かそうとはしない。暑い盛りで士気も弛みがちになることがしばしばであった。

「歳、長州は殿様の毛利長門守が上京するまでは兵を動かさないらしい」

「ようするに強訴《ごうそ》ですな」

「大目付永井玄蕃頭《げんばのかみ》は、十八日限りをもって伏見の福原越後に兵をひくように申し入れたそうだ」

「そんなことで簡単に撤退するはずもないでしょう」

「これは間違いなく戦《いくさ》になるな」

その十八日が過ぎ十九日になった。北の方角から大砲の音が聞こえだした。永倉が歳三のところにやって来た。

「原田君と民家の屋根に登って偵察してきます」

しばらくして永倉が戻って来た。

「どうやら御所の辺りから砲声が聞こえてきています。長州が嵯峨方面の兵を動かしたに違いありません」

「そうか、だがここからはちょっと遠いな」

まもなく会津藩公用方から急使がやって来た。

「御所が危ない。救援を御願いしたい」

近藤勇、土方歳三は手勢を率いて会津藩の一隊に加わって御所に急行した。砲声の音が近づいてくると共に硝煙のきなくさい匂いが漂ってきた。御所の南側の一角から火の手が上がっていた。御所に到着すると見廻り組の佐々木只三郎が出迎えた。

「一度は蛤御門《はまぐりごもん》と下立売門《しもたちうり》が破られ長州兵が御所に乱入したが、乾《いぬい》門を守っていた薩摩藩が援兵をよこしてくれたので危ないところを救われた。薩摩の隊長、西郷吉之助が負傷したが敵将来島又兵衛は闘死、久坂玄瑞は傷ついて火の出た鷹司《たかす》邸で切腹した。生き残った長州兵は洛中に逃走したようだが、まだ御所にも潜伏していると思われる。残兵の始末を御願いしたい」

佐々木は興奮して早口で一気に喋ると最後に付け加えた。

「会津公は池田屋騒動で活躍した勇士にことのほか期待されています」

「わかりました。早速、追手をさしむけましょう」

勇は永倉、原田、井上を呼ぶと長州兵が隠れていると通報のあった日野邸を捜索するように命じた。

「拙者は会津公にお目通りを願ってくるが、歳、お前はどうする」

「私は他の隊士と共に各所の見回りをして後始末をします」

この日の戦いは最も激しい戦闘の繰り広げられた蛤御門にちなんで【蛤御門の戦い】と命名されている。

新選組が御所に駆けつけた時、すでに大方の決着がついていたので活躍の機会を逸した。この戦いで幕府側は長州兵に追い打ちをかけるために民家に大砲を撃ち込んだ。このため出火して火は民家、寺、神社にまたたくまに燃えひろがった。夜になっても鎮火せず延焼が続いた。京の町の小路《こうじ》、大路《おおじ》は慌てて避難する人の群れでごったがえしていた。

歳三は御所の中に居た。傍らの勇が話しかけた。

「こんな大火事は初めて見た。鴨川の西側は丸焼けだ。南も相当焼けているらしい。奉行所の役人は六角牢に繋がれていた輩《やから》が火事で脱走するのを恐れ、全員を皆殺しにしたそうだ」

「では平野国臣や古高俊太郎もか？」

歳三は驚きの色を隠せなかった。

「三十人余りかと思う。全く哀れなものだ。槍で刺されて死んだそうだ」

「………」

「まあ、仕方あるまい。攻めてきた長州が悪いのだから」

総司が勇と歳三のいる部屋に入って来た。

「どうしたのですか、二人とも神妙な顔をして」

「六角牢に繋がれていた三十人余りの志士が役人に槍で刺し殺されたそうだ」

歳三がぶっきらぼうに答えた。

「えっ。そんなに？」

沈黙の時が流れた。

「どうせ死ぬなら、戦って死にたいなあ。いやだなあ、そんな死に方は」

「長州もこれで大打撃を受けた。今日の戦《いくさ》で敗れた連中は山崎の天王山へ逃げた。明日はそいつらを追う。新選組が先鋒をつとめることになった。今度こそ長州の息の根を止めてやる」

勇の鼻息は荒かった。

「ところで、土方さん。夜の火事はなかなか見応えがありますよ。ちょっと外に出てみませんか」

総司の方から声をかけた。二人は夜風にふかれて激戦のあった蛤御門に向かって歩きだした。ただでさえ暑いのに、火事の炎の照りかえしで歩いていても汗が吹き出してくる。御所の各門では警備を厳重にしていて出入りする者を厳しく取り調べをしていた。蛤御門に近づくと案の定、警備兵が急いで走ってきた。

「いずこへ参られる？　名を名乗られよ」

「新選組の土方と申す。門外に出るつもりはない。この辺りの様子を見に来ただけだ」

「ただいま洛中では火の勢いが強く、混乱が続いている模様です。うかつに外に出られない方がよろしいかと思われます」

警備兵はそう言って軽く一礼すると踵《きびす》を返して二人から離れた。塀の外側では大きな炎が夜空を明々と照らしている。

「江戸の大火なんていうのもこんなだったのかなあ」

総司は火事見物の野次馬と変わらない呑気さで物を言った。一方の歳三は真剣そのものだ。

「これも時勢の変転だ。総司そう思わないか。江戸の無名の道場で木刀をふるっていた俺達が会津公から熱い期待を寄せられている。これからは剣の実力がものをいう時代だ。いまの時世が俺達を必要としている」

歳三は総司に言い聞かせるように言った。

「ところで総司」

歳三は急に改まった。

「池田屋での戦いの時、お前なんで倒れたんだ?」

「ああ、あれですか。前後不覚というやつですよ。初めに二人か三人斬ったかと思うのですが、その後急に気分が悪くなって全身から力が失せてしまい立てなくなりました。私は江戸の道場にいた時から皆から巧い巧いと褒められていていい気になっていましたが、実際の斬り合いでは近藤先生の足許にもおよびませんよ。あの時の近藤先生は凄かった。周りにいる者にも気迫が伝わってきて、永倉さんも随分と助けられたと言ってましたよ」

「そうか」

池田屋での近藤勇の働きは鬼神のごとくに語られていたが、歳三はあらためて勇の底力を認識せずにはいられなかった。

二十一日、天王山に真木和泉ら十七士を追って近藤勇、土方歳三ら新選組五十名は出動した。だが山頂に着いた時は十七士は自決した後であった。勇が志士達の最後の様子に妙に感心しながら壬生に戻ったのは二十三日であった。

八月になった。二日、朝廷から幕府に対して長州征討令が出た。

「早く、幕府が兵を挙げねば絶好の機会を逃がしてしまう」

勇は口癖のようにこう言い、今にも自ら乗り出していかんばかりであった。

四日、新選組の池田屋騒動での働きに対し幕府より六百両の恩賞を賜った。新選組一同は喜びに湧いた。膨れ上がった懐をさすって遊蕩にふける者も増えた。

前年から八月十八日の政変、池田屋騒動、蛤御門の戦いと次々に起こる政変に対応し、多忙を極めた一年だったがようやく歳三にもほんの短い間、平穏な日々が訪れようとしていた。

京の町に秋風が吹き始めている。歳三はふとした時にきくの事を思い出した。きくの名前は無論知らなかった。

〈あの婦人が母や妹と暮らしているとすると亭主とは死に別れたのだろうか？　あそこは確か西本願寺

の東側に当たる所だ。先の戦いで西本願寺は火事を免れたがあの家は焼失してしまったのだろうか〉

先日、西本願寺が山田市之允《いちのじょう》、品川弥二郎などの長州人を匿ったことで、新選組は西本願寺に出向いて焼き打ちする姿勢を示したことがある。この件で歳三も西本願寺に出かけている。勇と歳三の前で寺務を司る島田陸奥と下間大蔵は、二人にひたすら懇願するばかりであった。

「焼き打ちなど滅相もない。後で必ずお役に立ちますので」

「もう二度と長州者とは付き合うんじゃやねえ」

歳三は額に脂汗をにじませて謝る二人を睨み付けて言い放った。この時はきくの事は頭になかった。

少し暇ができて思い出したのである。

〈そのうち家があるかどうかだけでも見に行ってみよう〉

非番の日が来た。この時は自由に外出することが許されている。

「今日は非番でしたか？」

門を出る時、原田とすれちがって声をかけられた。

「この天気だ。ちょっと出かけてくる」

歳三は田圃道を一人で歩いていた。南方に島原の遊郭を見ながら、西本願寺を目指した。とは言っても先の戦《いくさ》で多くの建物が焼失しており目指すのは簡単であった。

〈なかなか元のとおりにはならねえな〉

焼けた跡地にはまだ新しい建物は少なかった。木材が運び込まれても人足がたらず、手をこまねいている所、一時しのぎの仮住まいで雨露をしのいでいる所など、住民の難儀を目《ま》のあたりにして歳三は呟《つぶや》いた。

〈これが戦《いくさ》というものか〉

いよいよ西本願寺の大きな伽藍が近づいてきた。あの経師屋《きょうじや》の婦人の家は西本願寺の東側、職人の多く住んでいた一角にあったはずだ。だがその一角は無惨にも無くなっていた。歳三のよからぬ予感は的中した。

〈長賊のせいだ〉

歳三の胸に怒りがこみあげてきた。長州が戦《いくさ》をしかけてきたばかりに何の罪もない者までが難儀している。

〈あの婦人はどうされたのだろう。この大火事を無事に逃れることができたのだろうか？〉

考えれば考えるほどに歳三はその婦人が恋しくなった。

〈だが誰に聞けばいいのか？〉

職務上のことならともかく、見知らぬ婦人のことを気軽に組の監察に調べてもらうわけにもいかない。

歳三は途方にくれてしまった。が、この時、西本願寺の門前に一軒の茶屋があったのを思い出した。

〈そうだ、あそこで尋ねれば何かわかるかもしれない〉

一条の光明を見出した心地で歳三はまたもと来た道を戻り始めた。茶屋の中に足を踏み入れると果たしてそこにきくが居た。歳三はきくの姿を見つけて目が眩《くら》みそうになった。きくは紺と白の弁慶縞の着物に身を包み、初めて会った時より一段と若々しく粋に見えた。

「土方さん、いわはりましたなあ?」

きくは明るい笑顔でこう聞いた。

「よく私のことを覚えてくれましたね」

「こないなとこでまたお会いできるとは思てもみませんでした。今日もまたお仕事どすか?」

きくは胸が高鳴るのを感じながら聞いた。

「いいえ、今日は非番で壬生の屯所から出てきました。全く奇遇ですな」

歳三は偶然に出会ったように言った。

「ところで先日の戦いの折は、御無事どしたか?」

本当は歳三がきくに尋ねたかったことを先に尋ねられてしまった。

「私は御所に居て帝と将軍を守っていましたが、幸い私自身は危ない目には遭わなかった。もっとも他の隊士で怪我をした者はいるが」

「それはなによりどしたなあ」

「ところであなたは私の名を御存知ですが、私はまだあなたの名前を知らない」

「きくと申します」

「きくさんか」

こう言って歳三は改めて何か妙に照れくさい気がしてきた。

「いや、気がつかしまへんでえらいすんまへん。すぐにお茶の支度をしますさかい」

どうやらきくはこの茶屋で立ち働いているらしかった。きくが茶菓子を運んで来た。

「何故ここで働いておられる？」

歳三は素朴な疑問を投げかけた。きくは自分の身の上を細々と話し出した。きくの実家はもともと旅館を営んでいたが、経師屋《きょうじや》に嫁いでからは夫婦で仕事をしていた。しかし三年前に夫を労咳で亡くしてからは、一人で内職程度の仕事を請け負って生計を立てていた。妹夫婦がここで茶屋を営んでおり、母や妹が時々きくの所に泊まりに来たり、仕事を手伝ってくれたりしていた。ところが先日の戦《いくさ》である。きくは焼け出されて家を失ってしまった。今は途方にくれて妹夫婦の所に厄介になってここで働いているときくは言った。

いた。

〈それは気の毒な〉

歳三は哀れに思った。歳三は新選組の副長職に就いてからは十分な手当を貰っており、裕福になって

「私は武州多摩の生まれで、剣術が三度の飯より好きで幕府の浪士隊に参加した。昨年の春、上洛した

ばかりでまだ妻子もない無骨者だが、何か私にできることがあればお手伝いします」

「そのお言葉だけで、嬉しおす。そやかて、きっと土方様は御堪能なんどっしゃろ」

きくは微笑んだ。

「何に？」

「おなごはんに」

歳三の頬にさっと赤みがさした。その様子がきくには可愛らしく見えた。

「何もいわはらへんのは存外、ほんまに違いおへんのどっしゃろ」

「きくさんにはかなわないなあ」

気がつくといつのまにか時が経っていた。

「長居をしてしまった。また、茶を馳走になりにくる」

歳三は茶屋を出た。この日から時折、この茶屋できくと楽しく談笑する歳三の姿があった。

蛤御門の戦いの後、歳三が新選組で実現したかった事のひとつに砲術があった。剣術を鍛えることはもとより多少の火器を使用できた方がよいというのが歳三の考えであった。それと隊士の人数の拡充である。勇はぼやいた。

「池田屋騒動の時、命がけで働いたのは東国出身の者だ。西国出身の者には密偵が混じっていないとも限らないし、幕府への忠誠心にいまひとつ欠けるような気がする。近いうち江戸で隊士を集めようかと思う」

この言葉が副長助勤の藤堂平助の耳に入った。藤堂はこの時一人の人物を思い浮かべていた。江戸深川佐賀町で北辰一刀流の道場主をしていた伊東大蔵《おおくら》である。藤堂も江戸で同じ北辰一刀流を修めていたため伊東とは親しかった。伊東は一流の剣客であるのみならず、背が高く美しい容姿、弁舌爽やかで人柄は温厚と周囲の者からの尊敬をかちえるには十分な人物であった。

「伊東殿は江戸で道場を開いているが、本人を説得して門弟一同を勧誘すれば新選組の発展になることは間違いありません。是非近藤先生自身が江戸に行かれて本人に会ってみてください」

藤堂が熱心に勧めるので近藤勇も伊東に会ってみようという気になった。

「歳、近いうちに江戸に行って、幕府が一日も早く長州征伐を実現するよう老中に働きかけるつもりだ。それと藤堂が伊東大蔵という人物を加盟させるようにしきりと勧める。それだけの価値があるかどうか当人に会ってこようかと思う。京の町もいまのところ平穏無事だ。留守の間、隊の方はお前に任せるのでよろしく頼む」

九月九日近藤勇、永倉新八、尾形俊太郎、武田観柳斎の四人は江戸に向けて出立した。

歳三は相変わらず市中巡察に出ていた。どんどん焼けといわれ三日間燃え続けた大火の名残は痛々しく、なかなか町の復興は進まなかった。四万二千戸に及ぶ家屋が灰になった。三条河原では難民とも乞食ともつかない人々が雨露を凌いでいた。

隊務の合間に歳三はきくと逢っていた。何度か逢ううちに歳三はきくに特別な感情を抱き始めていた。きくに出会う前、歳三は島原で勇と共に豪遊することがあり、京の女も知っていた。京の女性は魅惑的で美しく、報国の心を忘れるほどだと郷里への手紙にも書いたこともある。それにくらべるときくはごく普通の女性であった。堅気の婦人といった感じである。だが歳三にとっては茶屋で再会してからは忘れられない人となった。

〈いつかは自分のものにしたい〉

歳三の思慕の気持ちは日を追うごとに強くなった。歳三が多摩にいる時に詠んだ句がある。

【しれば迷ひしなければ迷はぬ恋の道】

歳三はまたもや恋の道に迷い込んで落ち着かない日々を過ごしていた。だが意外にもきくの方が歳三を迷いから救いだした。茶屋に行って一頻り話をして帰ろうとすると、きくが言った。

「この次は客間が空いておりますさかい泊まっておくれやす」

極めて控え目な調子で言ったきくだが、歳三がきくのうちに秘められた熱い想いを察するに十分な言葉であった。

〈京の女は強気だ〉

歳三は思った。その次の機会が訪れた。夜の帳《とばり》が降りていた。茶屋に人気はなかった。きくは歳三を客間であるという座敷に案内した。しばらくしてきくが御膳を運んで来た。

「土方様に心をこめて支度させてもろたんどす。もっとも土方様のお口にあうかどうかわかりまへんけど、召し上がってみておくれやす」

なるほど、御膳は、はものたたき、にしんの煮物など家庭料理にしては念のいったものが揃えられていた。食事をしながら歳三は政情、仕事のことなどを、言葉少なく語った。食事の後にきくが茶を運んできた。

「ところで家人は？」

「母と妹は別の部屋で生活しております。御心配なく。ここには来やしまへん」

きくは優しく微笑んだ。

〈夫婦というものはこのようなものだろうか？〉

歳三は思った。かいがいしく歳三の面倒をみるきくの姿をそばで眺めていると、もう何年もの間こうしてきたかのような気がしてくる。歳三の胸は安堵感で満たされた。ふと、きくの姿が姉のぶや顔もろくに覚えていない母の姿と重なった。

「きくさん！」

歳三は思わず知らず、叫んでいた。隠していた激しい思慕の思いが一気に噴きだし、歳三は自分の胸にきくを引き寄せていた。きくも極めて自然に歳三に抱かれた。歳三はきくの顔をじっと見つめていた。

「そなたを好いている」

歳三はそっと囁くと、自分の唇をきくの唇に重ねた。

「ちょっと待っとくれやす」

そこできくは歳三を制止して立ち上がった。乱れた髪と着物を直すと障子を開いて隣室に招いた。二人はそこに敷かれてあった蒲団の上にまた横になった。

「そなたを貰う」

「わたくしでよろしければ」

激しく求められたきくはようやく答えた。歳三はきくの色白の美しい肉体を貪欲に愛した。

〈何故、私をこんなに愛してくださるのか？〉

きくは自問自答していた。

歳三の行為は終わった。不思議な静寂の時が流れた。

「なんでわたしみたいなもんを好いてくれはんのどす？」

きくはそっと聞いてみた。

「わからない」

こう言った後、いつのまにか歳三はきくの横ですやすやと眠りはじめた。

〈まあ、可愛らしいぼんぼんみたいやわ〉

きくの耳にも壬生の狼と京で恐れられている男達のことは聞こえてきていた。だがきくにはどうしても歳三をそのような男達と一緒には考えることはできなかった。

〈きっと激務で疲れてはるんやわ〉

きくは歳三の身体に蒲団をかけ直すと自分も歳三のそばで眠った。

きくが翌日、目を覚ますと歳三はすでに着物を着替えていた。

「きく、私はもう帰る。遅いと隊の者が心配する」

歳三は初めてきくと呼び捨てにした。

「もうすぐ紅葉のきれいな時季になる。そのうち清水寺に紅葉を見に行こう」

「それは嬉しおす。連れておくれやすか」

きくの嬉しそうな笑顔をあとに茶屋を出た。まだ夜明け前で近所の人は誰一人として歳三の姿に気づいた者はいなかった。


近藤勇は久しぶりに江戸の空気を吸った。江戸は永年居たところだけに妙に懐かしい。感慨にふける勇の前に藤堂が現れた。

「伊東殿に新選組入隊を勧めてみましたがかなり乗り気なようです。ひとつには池田屋騒動で新選組が名を上げたためかと思われます。この動乱の時期、国事に奔走してみたいという願いは我々同様かと存じます。ただ……」

ここで藤堂はちょっと言葉を濁した。

「ただ、なんだ？」

勇はいぶかしんだ。

「伊東殿は勤王攘夷の志厚くこの辺りが先生と相容れるかどうか、御判断願いたいところです」

「ああそういうことか」

「私の考えを述べさせて戴きます。先生、我々は元来攘夷を目的に京へ上ってきたはずです。しかしどうでしょう。幕府はなかなか攘夷を推し進めようとはせず、かえっていたずらに勤王攘夷の志士たちを斬るのみ。この際、伊東殿のような人物を入れて成り行きを見るのも時世にそくした対応といえるのではありませんか？」

勇は押し黙った。思想の明らかな人物は危険に思えたのである。しかし藤堂の言うのにも一理ある。それに優秀な人材が欲しい。もし伊東を仲間に引き入れることになれば、新選組にとって勢力を拡大することになる。多少の思想の違いに目をつぶって、共に活動するのも一つのやり方かもしれない。

〈まずはとにかく会ってから。藤堂があれほど勧めるには一角《ひとかど》の人物に違いない〉

そう思って藤堂を介して伊東に会う約束を取り付けた。

数日後、試衛館の勇の部屋を伊東が訪れた。

「長い旅御苦労様でした。近藤先生、私が伊東です」

背の高い、美丈夫が先に挨拶をした。

「藤堂君から伊東先生のことは伺っておりました。御存知のように先般の池田屋騒動では西国浪士を相手に激闘いたしましたが、その時から拙者は兵は東国出身者に限る、と思い定めて参った。それで今度の隊士募集となった訳でござる。伊東先生は剣客としては相当の腕前と聞き及んでいるが、入隊の見込みにつき御所存をお聞かせ戴きたい」

「私は藤堂君から新選組の話を聞いて久しぶりに胸がすく思いをいたした。これこそ男子の本懐ですな。正直言って、国事に命をかけて奔走している近藤先生を私は羨ましく思っています。もし入隊の御許しがあれば私の道場にいる他の剣客と共に加盟したい」

伊東は朗らかに答えた。

「ところで伊東先生、先生は勤王と伺ったのでござるが……」

「いかにも。水戸にいた頃から志は勤王と決まりました。勤王の志は藤堂君も同じである。入隊に影響ありますかな？」

「いや、拙者も勤王自体に反対しているわけではござらぬ。新選組は幕府の下で京の治安を守ってゆくのが任務である。ただし京の治安を乱す輩であればそれが勤王であろうと何であろうと斬る。そのことをしかと肝に命じていただければ、入隊を認めましょう。それともう一つ、新選組に加盟すれば脱退はできないという法度《はっと》があるのを御存知ですか」

「やはり藤堂君から聞いていますよ。近藤先生のおっしゃるところはよく分かり申した。他の者にもいま一度申してみましょう。さすがに新選組、入るのも出るのも難しいといったところですな」

「いやいや先生ほどのお方であればこちらから頭を下げて入隊をお願いしたい位です」

「今日は参ってよかった。いずれ事が決まれば他日、酒の席で共に一献どうでしょう」

「承知いたしました。よきお返事を期待いたしております」

「ではいずれまた」

伊東は始終にこにこしていた。色白の美丈夫は立ち上がった。剣の力を誇る凄腕の猛者の多いなかで、その物腰の柔らかい様子は明らかに異質であった。勇は伊東のなかに知らず知らずの間に人間的な魅力を感じ始めていた。


十月になった。清水寺に通じる清水坂の手前で駕籠が二つ止まった。中から姿を現したのはほかでもない歳三ときくである。参拝客や紅葉を見に来た人達が坂を登り降りしていた。今も昔も変わらぬ光景である。見知らぬ人は二人を夫婦と思ったであろう。きくは藍と茶の棒縞の着物を身にまとい、べっ甲のかんざしを髪に付けている。その地味な装いは色白のきくをより一層美しく見せていた。清水寺に行き着くまでにしばらく坂を登らねばならない。日頃、歩き慣れた歳三と違って、家の中で生活している女のきくには長い道のりに感じられた。歳三はゆっくり歩いていたつもりであったが、きくの息が弾んでいるのに気づいた。

「茶屋で一度休もう」

寺のすぐ手前で歳三はそう声をかけた。きくは頷《うなず》くと歳三に従った。秋晴れであった。秋風が頬を心地良くなでる。清水寺の裏手の山々を望めば色づいた葉の美しさが目にしみる。

「私の故郷の石田村には小さな川が流れていたが山はなかった。だから紅葉の山は、珍しい」

歳三はしみじみと言った。

「石田村はどのようなところなんどすか？」

「小さな農村だ。私の家の近くに浅川《あさかわ》という川が流れていて、幼い頃は川面《かわも》に石を投げて遊んでいたものだ。それと牛革草《うしかわぐさ》という名前の草を土手で摘んで、それから石田散薬を作る」

「石田散薬？」

「打ち身に効く薬だ。草を採るのとそれを近在の村に売りに歩くのが私の仕事だった。もっともその頃、私は剣術に夢中で仕事よりそっちの方に熱心だったが。そのおかげでいつのまにか剣が飯の種になってしまった」

「私は京で生まれ育ったんどす。山のおへん場所など信じられまへん」

「私の知っている秋は河原にすすきが生えているだけの殺風景な景色だ。それに比べ京の秋はなんと綺麗なんだろう」

歳三はほっと息をついた。

「幼い頃、私は生まれた家の庭に武士になることを願って矢竹《やだけ》を植えたことがある。そして京でようやくその願いを実らせることができた。私は六人兄妹の末だが故郷の兄や姉も喜んでいることと思う」

「お父様とお母様は？」

「父は私が生まれる前に母は六歳の時、二人とも労咳で亡くなりました」

きくは歳三の表情に翳りが生じたのを見逃さなかった。聞いてはならないことを聞いてしまったと思った。

「さあ、土方様、清水の舞台に上がってみとおすわ。行きまひょか」

きくはわざと明るい声を出してこう言った。

清水寺の本堂に上がった歳三は京の町を眺望して感無量であった。京都を高い所から眺めるのは初めてである。以前、江戸で愛宕山に登って町を見下ろしたことを思い出した。それは大きな武家屋敷の瓦が波のようにどこまでも続く光景であったが、京は民家と寺の瓦が並んでおり中心に鴨川が流れている。

「下を見るのは余り気持ちの良いものじゃねえな」

ふと視線を下に向けるとその高さに気づいた歳三はそう呟いた。

一方のきくは御所はあの辺り、二条城はあそこ、壬生はあちらの方角と見当をつけて歳三に教えるのだが、歳三はそれがほとんど同じような場所に見えた。

「さあ、降りよう」

来た道を帰らずに音羽の滝に立ち寄ってから山道を降りた。燃えるように赤く色づいた紅葉の木々の中を歩いていた。急な坂道であった。

「足元に気をつけて」

歳三はきくの手をとってきくを支えた。周りに人気はなかった。

「今日は一生分の紅葉を見ることができた。私は今まで秋はわびしいものと思っていて余り好きではなかったのだが、こんなに美しいとは思わなかった」

「秋は京の最も美しい季節やさかい寺の参拝客も多いんどす」

きくと話していて歳三はふと不思議な気がした。歳三は普段余り口をきかない方なのだが、きくと話をしているとむしろ歳三の方がよく喋る。これは今までにないことであった。きくは微笑みを浮かべて歳三のいうことに相槌をうっている。

〈優しい女だ〉

歳三は心の底からそう思った。きくと一緒にいると心が落ち着く。

「ところで、きく。元の場所に戻りたくはないのか?」

「へえ、せやけど家の普請にはお金が要りますよって」

「私がなんとか都合してあげよう」

歳三はきくの手を強く握りしめた。きくは恥ずかしそうな顔をしてうつむいた。


十月末になって、帰東していた近藤勇が壬生に帰ってきた。

「歳、留守の間、変わりはなかったか？」

「何もありませんでした」

勇は江戸での出来事を話し始めた。

「なかなか面白い人物に会ってきた。まず伊東大蔵《おおくら》だが、腕が立つばかりではなく国学や和歌にも通じておりなかなかの学者とみた。一面識で気にいったのですぐに伊東の同志共々勧誘した。当人も新選組加入に際し、改名した程の意気込みだ」

「いつ来るのですか？」

「もう半月もすれば江戸を発つかと思う。だが……」

「だが、何だ？」

「伊東は勤王だ」

「長州と同じか？」

「まるで同じかどうかわからんが臭い。さしあたっては新選組を足がかりにして国事に奔走する。そんなところだろう」

「そんな奴を入隊させて大丈夫か？」

「人物は気に入ったから、入隊を許した。まずは様子を見よう」

歳三は頷いた。

「それともう一人。神田和泉橋の医学所にいて、将軍の御典医を勤めている松本良順という男だ。なかなか立派な男でこれも気に入った。医者のくせに刀を帯びている。長崎で西洋医学を学んで来たそうだ。西洋の事情に詳しい」

「身体は診てもらったのか？」

「ああ。胃の薬を貰った。上洛することがあれば屯所に寄るように言っておいた。いずれ、隊士達全員を診て貰おう」

「ところで御老中の方々の反応は如何でしたか？」

「長州征伐に先駆けて将軍の上洛を勧めてみたが金が問題だそうだ。上洛には莫大な金がかかるからね」

勇は声を落とした。

「しかし思えば不思議だな。少し前までは木刀を振り回していただけの男が、今は老中に建白するとは。

これも時世というものか？」

勇は自分に言い聞かせるように呟いた。歳三は勇が変わったように思った。自分が京で留守番をしている間に勇は色々な人間に会い、啓発されているようである。だがいずれにせよ歳三は副長として新選組を統率していかなければならないのである。

〈うまく舵取りをしていかなければ新選組は転覆してしまうかもしれない〉

歳三は密かに思った。

十二月になった。歳三が部屋で書き物をしていると玄関の方で人のざわめく声が聞こえる。

「土方先生、伊東先生達が来られましたよ」

総司が歳三の部屋に顔を覗かせた。新入隊士と呼ばれる人達は広間に集まっていた。名を挙げれば、伊東甲子太郎《かしたろう》（本名大蔵《おおくら》）、鈴木三樹三郎《みきさぶろう》、加納道之助、服部武雄、佐野七五三之助《しめのすけ》、篠原泰之進、中西登、内海二郎の八人である。副長の歳三を初めとして、副長助勤や監察の役付きの人達も顔合わせのために広間に集まってきた。ひととおりの幹部の紹介が済むと、新入隊士の人々は各部屋に案内された。有名な剣客の入隊で屯所内は一気に活気づいた。歳三が自室に戻ろうとすると、

「土方先生」

という声に呼び止められた。後ろを振り返ると他でもない伊東その人が立っていた。

「土方先生。私が伊東甲子太郎です」

色白の学者風の男は挨拶した。

「藤堂君から土方先生のことはよく伺っていました。なんでも稽古熱心で隊士を厳しく鍛えておられるとか。我々も命を賭けて国事に奔走する所存ですがお手柔らかにお願いします。もっとも北辰一刀流も簡単には負けていませんぞ」

伊東はにこやかに挨拶をした。

「私は実戦を意識した稽古を隊士達にさせています。新選組の最も嫌うものは憶病、怯懦《きょうだ》なのです。伊東先生も相当の遣い手とお聞きしているが、よろしく御指導お願いします」

歳三も伊東の挨拶を軽く受け流した。

「ところで、土方先生。貴公は歌を詠まれますか？」

「いえ」

歳三は予期せぬ問いに面食らった。

「私は京に来て、ひとつ歌を詠みましたよ。聞いていただけますか？

ちりひじの身は如何にせむ今日よりは皇宮居の守ともがな
これが私の決意です」

歳三ははっとした。

〈やはり、勤王か？〉

「土方先生、どうぞよろしく御願いします」

伊東はにこにこした顔で歳三の思惑をよそにその場を立ち去った。

〈こいつは油断ならねえ〉

これが歳三の伊東に対する第一印象であった。伊東の臆面のない様子は歳三に無言の圧力を加えていた。

明けて元治二年、歳三は昨年暮れより考え続けた新選組の在り方について勇に語っていた。近頃、歳三の頭のなかはこの事で一杯であった。

「蛤御門の戦いでは銃や砲によってその趨勢が決した。新選組も本格的な戦《いくさ》に加わるには人数を増やして軍事調練を行う必要があるのではないだろうか？」

「だが人数を増やすには今の場所では無理だ。どこかに屯所を移すか、建てるかしなければ」

新しい場所をどうするか、これが歳三の当面の悩みの種であった。だがある時、ふっと西本願寺の大きな伽藍が思いだされた。

〈寺には北集会所《しゅうえしょ》という広間があったはずだ。あそこに移れないものか？　長州兵を匿《かくま》ったので監視す

ると言えば寺側を承服させることができる〉

蛤御門の戦いの後、寺の建物を捜索した時の事を思いだした。寺を見回った時、東北に位置する建物に入った。

「ここは何のための場所だ?」

「ここは普段は使われておりません。近頃の国事多難に備えて武技を講習する演武所です」

案内をしていた島田陸奥は答えた。

「一応改めさせてもらう」

長州潜伏の知らせに近藤、土方以下数名で乗り込んだ記憶はまだ新しい。歳三はこの案を勇に話した。

「そりゃあ、名案だ」

勇は腕組みをして唸った。

「寺側と交渉してみよう」

「その役は私にお任せください」

歳三はすかさず言った。

「よし、この件はお前に任せた」

二月に入った。歳三は井上源三郎、斎藤一、山崎烝《すすむ》を連れて西本願寺と談合を重ねたが寺側はなかなか承知せず、逆に金品を送って懐柔しようとする。

「なかなか承服しませんが必ず、うんと言わせますよ」

ところが歳三が屯所で勇に報告した際、山南が傍らで猛烈に反対した。

「土方君、聞く所によれば西本願寺は屯所移転を拒否しているというではないか。坊主相手に嫌がらせをするのはそれこそ士道不覚悟というものではないか」

「西本願寺は勤王に肩入れしているのだ。この位のことはしても罰はあたらんだろう。それにあの建物は普段は使われていない。何を遠慮することがあろうか？」

歳三は山南の反論が理解できなかった。いやしくも尽忠報国のためにそして京の治安のために働いているのだ。その位のことはしてもらうのは当然ではないか？　勇も山南の話を聞いて首を横に振った。

「山南は近頃どうもいけねえな。池田屋にも参戦しなかったし、総長という立場をどう思っているのだろうか？」

以前にも隊士の扱いについて隊規違反は切腹という処置に対し、山南は反対した。

「厳しすぎるのではないか？」

これを聞いて勇と歳三はお互いに顔を見合わせ、この時、勇は山南の意見を無視したがこの度も歳三の意見を採用した。度々の談合の末、ついに寺側はしぶしぶ承諾した。

〈してやったり〉

歳三は心の中で凱歌をあげた。屯所内では移転先の話題でもちきりとなった。山南は愕然となった。完全な敗北である。怒りと情けなさが山南を襲い、衝動的な行動に走らせた。勇に置き手紙を書くと衝動的に屯所を離れた。勇がいつものように二条城から戻ると文机の上に山南からの手紙を見つけた。

【いやしくも副長の立場にある自分の意見が容れられなかったのは局長が土方らの奸媚《かんび》に迷ったためである、云々】

手紙には不満とも泣き言ともつかぬ事が書かれてあった。

「たわけ者めが」

勇は怒りで顔面を真っ赤にして叫んだ。

「総司、総司はおるか」

「近藤先生、どうかされましたか？」

総司は井上源三郎を相手に碁を打っていたが、勇のただならぬ雰囲気に驚いて飛んで来た。

「これを読んでみろ」

「………」

「女々しい奴め。山南はどこに行った？」

「今日は非番でどこに行くとも言わずに今朝出かけられました」

「急いで屯所に戻るように探しだしてくれ。お前の言うことなら山南も耳を貸すだろう」

「山南さんは脱走されたのでしょうか?」

「わからんがとにかく連れて来てくれ」

勇は怒気を満面に含んでいた。総司はこれは大変なことになったと内心思った。

〈山南さん、まさか、脱走したわけではないでしょうね〉

総司は祈るような気持ちであった。勇の怒りは尋常ではない、永年共に生活をしてきた総司にはすぐわかった。

〈これはとんでもないことになりそうだ〉

山南の影を追って総司は馬を飛ばした。

総司と入れ違いに歳三が屯所に戻った。今日も屯所移転の件で西本願寺に出かけていたのである。歳三は勇の様子がただならぬことにすぐ気がついた。

「これを読んでみてくれ」

勇は先程、総司に見せた手紙を歳三に渡した。

「………」

「今、総司が跡を追っている」

「私に相当、頭にきたようですな」

「ばかばかしいにもほどがある。このようなことで自分の立場がよくなるとでも思っているのか？」

「………」

この頃、総司は山南の姿を求めて懸命になっていた。が彼の姿は洛中にはなかった。聞き込みから山南は東海道を辿ったらしい。

〈まずいな。これは切腹ものだ〉

総司は目の前が真っ暗になった。

〈でもとにかく山南さんに追い付かなくては〉

総司は夢中で馬を走らせた。そしてついに大津宿で山南の姿を見つけた。すでに夕暮れであたりは暗くなり始めていた。

「山南さん、何故あんな置き手紙をしていなくなってしまったのですか？　近藤先生は怒っていますよ」

「ああそうだろうな。君が来てくれたか」

「私は近藤先生から山南さんを連れ戻すように命令されてきましたが、このまま戻ると切腹になるかもしれない。何か良い口実でもないでしょうか？」

「もうそんなに大げさな話になっているのですか？」

山南は寂しげに聞いた。

「今日はもう遅いので明朝、屯所に戻りましょう。一晩位ならなんとかなるでしょう。でも何か言い訳でもしなければ」

「君は優しいんだね。わかった。明日戻ろう。ところで沖田君、腹が空いたろう。もう夕飯にしよう」

夕飯の膳が運ばれてきた。山南はぽつぽつと自分のことを話し始めた。

「上洛してからはこうやってゆっくり君と話すこともなかったな」

「………」

「ああ、試衛館で皆で剣道をやっていた時のことが懐かしいな。私はあの頃が一番良かった」

「………」

「土方は変わったな。あの男はすっかり傲慢になってしまった。江戸であいつに剣を教えてやっていた頃は気のきく優しい男だったが……」

「私はそんなに変わったとは思っていませんよ。ただ土方先生は新選組のためを思って色々画策しているのですよ」

「私は実は新しく入隊した伊東殿に期待をしていた。新しく新選組を変えたいとも言っておられたからな」

「でもこんな風に肝心の山南さんがいなくなってはどうしようもありませんよ」

「私は近藤にありのままの意見を手紙にしたためたまでだ。もっとも今の近藤には馬耳東風かもしれないが……」

「山南さん、結局あなたはどうしたいのですか？　もし本当に脱走したければ、私は明日一人で帰ります。それとも壬生に一緒に戻りますか？」

「いや、脱走は無理だろう。君がだめでも彼らはまた別の追手をさしむけるに決まっている。それにもし私を逃しては君の立場が悪くなる」

「では一緒に壬生へ参りましょう。大丈夫ですよ。帰ったら永倉さんや原田さんなどの試衛館道場の仲間達で、山南さんが切腹にならないように反対しますから、安心してください」

「わかった。とにかく帰隊しよう」

「遅い、遅すぎる」

勇は低い声で呟いた。夜の帳が下りても総司からは何の連絡もない。山南は京を離れているに違いない。

「脱走したに違いねえ」

「許せねえ。たとえ山南といえど局中法度に触れれば切腹だ」

今度はぶっきらぼうに歳三が言った。

「歳、お前もそう思うか？」

歳三は頷《うなず》いた。

「それに山南は近頃、私に当てつけるように伊東に接近していた。こういう奴をおいておくといずれ隊は分裂する。危ない芽は早くつみとることだ」

〈やはり気がついていたか、さすがだ〉

勇は歳三の慧眼《けいがん》に感心した。山南は伊東の入隊で近藤、土方体制が崩れるのを期待していた。そういう機微を近藤、土方は早くも察知していたのである。

翌日、総司は山南を連れて壬生へ戻った。山南は前川家の一室で待つように指示された。総司は近藤勇に報告した。

「大津宿に宿泊されているところを連れ戻りました。局を脱走したのではなく、ただ休みたかったと言っておられます。本人の話を聞いてください」

勇と歳三の前に山南が呼ばれた。

「何故壬生を離れた？　大分遠くまでいっていたそうではないか。あのような置き手紙をして居なくなれば局を脱したとしかとれないが……」

勇は皮肉っぽく尋ねた。山南にとって局長や副長はもはや自分を罪人として取り調べる町奉行の役人でしかなかった。

「私は自分の思うところを正直に手紙に書いたまでです。壬生から離れたのは頭を冷やしたかっただけです。今、皆は明けても暮れても屯所移転のことでおおわらわだ。屯所移転を反対した私が面白い訳はないでしょう」

「だが大津とは遠すぎないかね？　ただ頭を冷やすなら洛中でも十分なはずだ」

歳三が追い打ちをかけた。山南は黙した。万事休すといった体であった。いままでも新見らをしゃにむに切腹に追い込んだ手である。この際なんの抵抗も無駄であることは山南自身がよく知っていた。

「山南さん、武士らしく切腹してください。局中法度の局を脱するを許さずに背いた科によってです」

歳三の声が響いた。山南はびくっと身体を震わせた。山南は前川家の一室にとじ込められた。この頃ようやく、山南の身の上に異変が起こりつつあるのを他の隊士達も気がつき始めていた。

山南切腹の噂がたちはじめていた頃、永倉は伊東に呼び止められた。

「永倉先生、総長の山南先生が脱走した罪で切腹になるというのは本当ですか？」

「どうやら本当らしいな。西本願寺の件で副長と激しく対立していたのでそういう関係もあるかもしれない」

「山南先生は江戸にいた頃、近藤先生や土方先生とは同じ道場で共に剣を修業していたと聞いている。わたしはここに来て日が浅いので詳しい事情はわからないが、山南先生は人物も剣もよくできた人だと思っていた。我々の力でなんとかならないものだろうか？」

「近藤は一度やると決めたら武士に二言はないと徹底して実行する人間だ。近藤の決意は変えられぬ」

「では山南先生に脱走をすすめてみては？」

「伊東先生がそれほど言われるのならやるだけやってみよう」

二人は前川家の一室に居る山南に面会した。山南はさすがに寂しげであった。永倉は言った。

「再びここを脱走されてはいかがであろう？」

「あなたのような有為の武士をなくすのは惜しい。脱走後のことは我々にまかせてお逃げなさい」

伊東もつけ加えた。

「私はもはや切腹を覚悟した。脱走してもとても逃げられないと思う」

二人がいくら脱走を勧めても山南は首を横に振るばかりであった。

二月二十三日、山南敬助切腹。享年三十三歳。介錯したのは沖田総司と伝わる。

# 第二章

## 動乱の予感

四月に入って、慶応元年になった。西本願寺の北集会所に屯所が移った。新しい編成が発表になった。隊長、副長はそのまま、副長助勤は組長と呼ばれ、その下に伍長二名、隊士十名が配された。総長の代わりに参謀が置かれ伊東甲子太郎が就いた。この編成で伊東一門は破格の待遇を受けている。近藤勇が伊東甲子太郎に寄せる期待は並々ならぬものがあったと察せられる。以下新編成を記す。

総長近藤勇、副長土方歳三、参謀伊東甲子太郎、組長一番隊沖田総司、二番隊永倉新八、三番隊斎藤一、四番隊松原忠司、五番隊武田観柳斎、六番隊井上源三郎、七番隊谷三十郎、八番隊藤堂平助、九番隊鈴木三樹三郎、十番隊原田左之助

この頃、歳三は伊東、斎藤、藤堂と共に隊士募集のために江戸に下った。隊務の合間に歳三は故郷石田村と日野に挨拶に立ち寄った。二年ぶりの帰郷である。日野では彦五郎と姉のぶが京での活躍を我が

事のように喜んでくれた。

「将軍家のためにこのように目覚ましい働きをしてくれるとは何よりの土産だ。少しの間でも身体を休めていっておくれ。上に立つ者は色々と面倒なことも多いだろうから」

彦五郎は言った。

「実は試衛館の連中がよく働いてくれているので、私はそれほど危ない目には遭っていないのです。命令一つで命を捨てるほどの忠誠心のある人間も少なからずいますよ。悩みといえば長州の間者が入隊してくることです。近藤先生もそれを苦にされていて近頃、胃を悪くされている。私の理想は絶対的な忠誠を隊士に守らせることです。そうでなければいざという時に何の役にも立たない。裏切り者に対しては厳罰をもって処することにしています」

「そう言えば山南さんが切腹になったそうじゃないか?」

「私もあの件は納得がいかなかったが山南さんは面白くないことがあったとみえて、しまいに脱走してしまった。近藤先生は許そうとはしませんでしたよ」

「沖田君は元気かね?」

「あいつは相変わらず冗談ばかり言っていますよ。腕が立つのでよく実戦に出ています。池田屋の時も気を失うほどの奮闘ぶりでした。私が池田屋に到着した時にはほぼけりがついていました。初めに乗り込んだ連中が強かったので私の出る幕はなかった」

「初めに乗り込んだのは誰ですか？」

彦五郎は聞いた。

「近藤先生とあとは沖田、永倉、藤堂ら主に試衛館出身の者です」

「そうか、それは大したものだな。新選組もすっかり有名になったな。これからますます忙しくなるだろうが、身体には気をつけておくれ。のぶもお前のことはいつも気にかけている。口癖のようにお前のことを心配しているよ」

「いつまでも子供扱いするのはよしてください、姉さん」

歳三はのぶに向かって言った。

「不思議なもので幾つになっても心配ですよ。歳さんも三十を越えているのにねえ」

「ところで源之助は元気にしているのですか？」

「今は友達と道場で稽古の最中です。そうそう源之助は今年、十五歳になって天然理心流の切紙目録を受けました。勇さんや歳さん、総司さんが京で活躍している話が伝わってくるので、源之助もいつも剣の稽古に余念がないのです。でも私は源之助が新選組に入隊するとでも言い出すのではないかと実のところは心配です」

「まあいいではないか。源之助の好きにさせれば」

彦五郎がのぶに言う。

「そうはいきませんよ。心配は歳さん一人でたくさんです」

夫婦喧嘩になりそうな気配を感じて歳三は石田村へ行くことを思いついた。

「ちょっと石田村に挨拶に行ってきます」

「夕飯の支度をしておきます。暗くなるまでにはお戻りください」

歳三が幼少の頃、のぶがよく言った言葉である。

「わかりました」

歳三は素直に返事をした。姉と弟は昔ながらの会話を交わしていた。

佐藤彦五郎邸の前を走る甲州街道を東に向かうと、すぐに街道は北東の方向に折れる。そのまま進むと多摩川に出るが歳三はそこまで来るとしばらくの間、川のほとりでたたずんだ。何度となく見たはずの景色なのだが妙に懐かしい。


【玉川に鮎つり来るやひかんかな】

上洛前に詠んだ句が頭に思い浮かんだ。甲州街道が多摩川を横切る手前に南東に折れる道がある。これをさらに二里半ばかり進むと歳三の生家がある。辺りは歳三が居た頃と変わっていなかった。生家には今は亡き兄喜六の妻ナカと六男一女の子供達、それに長兄為次郎《ためじろう》がいる。ナカは歳三の突然の来訪に驚いた。

「まあ、歳さん、立派になったわね。のぶさんから話は聞いておりました。為次郎さんが歳さんの活躍を大層喜んでいますよ」

ナカは歳三を為次郎の居室に案内した。為次郎は三味線を稽古中であったが人の気配に気づくと手を休めて言った。

「歳、元気にしているか？　京では大分暴れているそうじゃないか」

為次郎は盲人特有の鋭い勘で、すでに歳三の来訪に気づいていた。

「池田屋ではみんな死にもの狂いで戦ったので巧くいきました」

「勇さんは御無事ですか？」

今度はナカが聞いた。

「局長は不死身ですよ。池田屋の時も先頭に立って奮戦していました。局長が兵は東国に限るとしきりに言うものだから、こうやって私が隊士を集めに江戸に来たのです」

「歳さんは知らないだろうけど、今年は雨降りの日が多くてね。何となく暗い気持ちにさせられます。それに米、味噌、醬油その他の物価が高くて人心安からず、といったところでしょうか。京では戦《いくさ》があったそうだし、御公儀の苦心もひととおりではないでしょう」

「こんな田舎にいてよく知っていらっしゃいますね」

普段、家の仕事に追われているはずのナカが時勢の話を持ちだしたので、歳三は少なからず驚いた。

「いえ、これも皆、のぶさんが教えてくれたのですよ。そしていつも歳さんのことを自慢げに話していかれます」

「いや、新選組がある限りは御公儀は安泰だ。そうだろう？　歳」

為次郎が口をはさんだ。

「ええ、そうですよ、兄さん」

「ところで歳さんの植えた矢竹《やだけ》は今も元気ですよ。帰りにでも眺めていって下さい」

歳三は十七、八歳の頃、成人したら武士になると言ってその願いを込めて矢竹を庭に植えたことがある。その矢竹は今も変わらず生えているというのだ。こうしている間にもナカの幼い息子達が歳三に挨拶をしに来ていた。思い返せば子供が一人生まれる度に賑やかになっていた生家だが、それと共に歳三の居場所はなくなっていった。子供は嫌いではなかったが、遊んでくれとせがまれる煩わしさもあって、成人してからは日野の彦五郎邸に居ることが多かった。

「兄さん、新選組はますます大きくなりますよ。まあ見ててください」

「歳、間違っても畳の上で死ぬんじゃねえ」

為次郎は大声で怒鳴るように言った。

「まだ死ぬ気はありませんよ、兄さん。今度来るまでにもっと大きな手柄をたてます」

いつもの兄の口癖に苦笑しながら歳三は立ち上がった。ではさらばと戸口を出たところで庭の矢竹に気づいた。青々と繁る矢竹は歳三の初心を表していた。

〈願い事は叶うものだな〉

笑みをたたえて歳三は門を出た。

歳三が五十四人の新入隊士を引率して京に戻ったのは五月十日であった。


「歳、住み心地は上々だ」

壬生に帰った歳三らを勇はにこにこした顔つきで迎えた。屯所が西本願寺に移転してまもなく江戸に出立したので、歳三にとって新しい屯所はまだ馴染みが薄かった。新しい木の香りがぷんと鼻につく。新入隊士達も壮麗な建築に感嘆している。五百畳の大広間を仕切って隊士達の部屋に当てられており、湯殿、牢屋など必要なものは完備されている。突然、境内で大砲の鳴り響く音がした。歳三は反射的に音のした方を振り返ったが勇は微動だにしない。

「あれは何ですか?」

「あはは。驚いただろう、歳。軍事調練をやっているのさ。オランダ式だ。近頃大分かっこがついてきた。ちょっと観に行こう」

勇は歳三を伴って境内に出た。調練の指南役を務めているのは五番隊組長武田観柳斎で兵学の心得があるためこの任務に就いていた。武田は二人の姿に気づいて敬礼した。

「初めはオイチ、ニで足もろくろく揃わなかったが近頃大分ましになってきた。フランス式なのは幕府の方針だ。武田も苦心しているようだ。なにしろあの男が今までやっていたのは永沼流だからな」

「我々が芹沢達と上洛する時、攘夷を叫んでいたのとは隔世の感ですな」

「攘夷は変わらんが相手の夷狄は大分手強いようだ。相手を知ることが重要かもしれん」

勇は調練を見学し終わると満足げに引き揚げた。

「二十二日はいよいよ将軍家茂様の御上洛が決まって、三条蹴上《さんじょうけあげ》から二条城まで警護を仰せつかった。歳、人選を頼む。例の松本良順先生も弟子の南部精一郎と共に同行して来られる。私は先生に会うのをとても楽しみにしている」

この頃、新選組は新入隊士を加えて総勢百七、八十人にふくれあがっていた。

歳三は、隊務の割り振りや監察からの報告をまとめるなどの実務に追われる毎日を送っていた。一方で剣術の稽古にも余念がなかったがある日、総司が稽古中に時々咳き込むのにふと気がついた。

「おい、総司。お前、身体の具合でも悪いんじゃねえか？」

「風邪かもしれない」

「医者に診せたらどうだ？」

「たいしたことないから大丈夫です」

こう答えた総司の顔色が歳三にはやけに土気色《つちけいろ》に見えた。

「近藤先生、総司の咳に気がつかれましたか？」

歳三は勇に訴えた。

「いや、大分ひどいのか？」

「そうでもないですが、ちょっと気になったので医者に診て貰うように言っておきました」

「ちょうどいい。良順先生に屯所に来て戴いて隊士達を診てもらおうと思っていた。ついでだからお前も診て貰え」

「私は大丈夫ですよ。どこも悪くない」

「まあ、そうだな。疫病神もお前は御免だろう。あはは」

この頃、歳三が古高を責めて自白に追い込んだことや、山南を切腹させたことなどが隊士達の間で噂になっており、土方先生は鬼のような人という風聞がたっていた。歳三はそれを否定するつもりはなかった。むしろその位の厳しい者がいなければ困ると考えていた。勇もこの風聞を知っていて冗談を言ったのである。

五月末に近藤勇は松本良順を屯所に連れて来た。松本はこの時の印象を後に書き残している。

【隊士達は昼間からごろごろと横になっていて不健康そのものである。また刀剣を研ぐ者あり、鎖を繋ぐ者ありではなはだ過激なり】

良順は勇の要請に応えて隊士達の健康診断を実施した。普段は過激な隊士達も良順の前では大人しく診察を受けた。ほとんどが食あたり、風邪、梅毒などの一般的なものばかりであったが一人だけ難病の者がいた。

「これは近藤先生の愛弟子で一番組長を勤めている者です。普段、激務に就いているのですが近頃、咳が出るのです。よく診てやってください」

傍らにいる歳三が説明した。良順は丁寧に問診を始めた。

「どういう時に咳が出るのか？　痰に血が混じったことは？　熱は出るのか？　食事は普通に摂っているか？」

ひととおりの問診が済むと衣服を脱がせて診察しはじめた。

〈これはいかん、労咳だ〉

良順は診察を進めるうちに気づいたが、このことはおくびにも出さないで総司に言った。

「少し長引くかもしれないから時々医者に診て貰いなさい。それと後で近藤先生に話をしておきますが、隊の仕事を減らして栄養のあるものを摂るようにしてください」

「有り難うございました」

若者は素直に礼を言ってその場を辞した。この後、良順は勇の居室に来て健康診断の結果を語り始めた。

「風邪、食あたりの者には薬を調合してあげましょう。病人が多いのは食事が粗悪だからですよ。残飯で豚を飼ってそれを食べれば栄養になる。それと病室を設けてそこで病人を看護して医者の診察を受けるようにするとよいでしょう」

良順は図面を書いて西洋の病院の説明をし始めた。歳三も傍らで耳を傾けていたがいつのまにか姿が見えなくなった。

「ところで」

良順は急に改まった。

「さっき診察した一番組長の若者のことだが」

「ああ、沖田の具合は如何でしたでしょうか？」

勇は聞いた。

「あの若者は残念ながら労咳を患っています」

「………」

「御存じのとおり、労咳は治る見込みのない病です。先程の土方君の説明では激務に就いているとのことですが疲れは病を悪くします。栄養のあるものを摂らせて隊務も軽くしてください。これからは私の弟子の南部君に隊士達の健康管理をさせましょう」

「そうですか。沖田は私が最も大事にしている弟子の一人です。よろしくお願いいたします」

席をはずしていた歳三が戻ってきた。

「良順先生、病室をつくってみました。見ていただけますか？」

歳三は良順を屯所の一室に案内した。そこには病人が並んで寝ており、そばに浴桶が三個並んでいた。

「もう用意されたのですか？」

良順はあっけにとられた。

「兵は拙速を尊ぶとはこのことですな。あはは」

歳三が笑ったので良順も大笑いをした。この後も良順は勇と談論していたが、しばらくして宿泊先である木屋町の南部精一郎宅に帰った。勇は始終にこやかな相好をくずさずにいたが良順が帰った後、急に難しい顔つきになった。

「歳、ちょっと来てくれないか」

歳三は勇に呼ばれた。

「どうかしましたか？」

「実は総司のことだが」

「大分悪いのか？」

「労咳だ」

「…………」

「治る見込みがないと言われた」

これを聞いた歳三は全身の血の気がひくような感じを覚えた。

〈よりによって総司が労咳とは〉

この頃の労咳は直す手立てがなく、ほとんど死を宣告されたも同然の恐ろしい病であった。歳三も幼い頃、両親を労咳で亡くしている。

「歳、総司には無理をさせないでくれ。あれが納得するかどうかはわからんが、危ない隊務からはずすように頼む」

「本人は知っているのか？」

「いや、まだだ。だがあれのことだ。気づいても言わないだろう」

「わかった」

歳三が勇の顔を見た時、目を赤くしているように見えた。勇は自分の身に万一のことがあれば後継者に総司をと考えていた位である。総司が病のために剣を遣えなくなることは勇にとって堪え難いことであった。その心情は察するに余りあった。歳三はそっと勇の部屋を出た。

「まさかあいつが労咳とは。あの若さで何と不運な奴だ」

歳三は一人呟いた。

総司が労咳と診断されて歳三は心中、穏やかではなかったが、当の本人はいたって元気で症状はほとんど無自覚に等しかった。

「土方先生、良順先生は隊務を減らすように言っていましたが、その必要はないですよ。もし身体の具合が悪ければ休みます」

総司はこう言って竹刀を振り回していた。歳三からこの話を聞いた勇は楽観的な気持ちになった。

「本人ができるというならいままでどおり仕事をさせよう。あれから剣を取り上げたら一体何が残る？」

勇がこう言うので歳三も同意せざるを得なかった。だが歳三はその後も総司にしつこく迫った。

「医者に身体をよく診て貰え」

総司はしぶしぶ承知した。


近藤勇が密かに島原に登楼していることは周知の事実であったがある日、勇は歳三に言った。

「お前は近頃、島原に出入りしていないようだな。太夫から土方様はどうなさったかと聞かれた。他に好いた女でもいるのか？」

「ええ、まあ」

歳三は言葉を濁した。

「女を囲うには金がいる。必要ならば隊の金を使いたまえ。何も遠慮はいらん」

「心得ております。ですが今のところは隊の世話にならなくても大丈夫です」

「そうか？　着物の一つでも買ってやれば喜ぶぞ」

「ええ、ではそのうち」

「ところで島原で妙な噂を耳にした」

「といいますと？」

「島原帰りの遊客を狙って金品を強奪する者がいるそうだ」

「待ち伏せしているのか？」

「ああ、一人のようだ」

〈たった、一人か。簡単に仕留められるな。俺が客なら斬って捨てるのだが〉

歳三にはいつのまにか職業的な計算が働いている。

「新選組で調べましょうか？」

「いや、いい。町奉行が動いている。もっとも下手人が長州浪士というのなら別だがな。あっはっは」

勇は大きな口を開いて笑った。その後、勇はこの話を忘れてしまったようだが歳三の方は妙に気になっていた。

ある時、見廻り組の佐々木只三郎が勇を訪ねてきた。話題は最近の尊攘浪士の動向、将軍警護の様子などである。歳三も傍らで話を聞いていたが帰り際に佐々木が言った。

「島原の辺りで金目当ての辻斬りが出ているそうだ。御両人も気をつけられるとよい。もっともこんな忠告は新選組には無用でしたな」

「いやいや、意外と腕の立つ奴かもしれん。御忠告かたじけない」

佐々木は勇に見送られて屯所を後にした。

「歳、島原出入りの隊士達から辻斬りの話は聞いたことはなかったか？」

「いえ、初耳です。剣を遣えない一般客を狙っているのではないでしょうか？　それにしても辻斬りとは放っておけないな。ちょっと調べてみます。案外、尊攘浪士でも網にかかるかもしれない」

歳三は辻斬りの下手人を捕らえる決意を固めた。すぐに監察の山崎を呼んだ。

「山崎君、頼みたい事がある」

「何でしょうか？」

「近頃、島原の近辺で辻斬りが出ていると聞いた。奉行所に行って状況を聞いてきてくれないか？」

「わかりました」

早速、町奉行所に出かけて行った山崎は夕刻になって屯所に戻って来た。

「副長、奉行所でわかっていることはすべて聞いてきました。金品を奪われたのは六人、いずれも島原の遊客が大門から出てきたところを狙われています。そのうちの三人が抵抗したために斬られて怪我を負っています」

〈抵抗すれば斬る。まるで新選組だな〉

「それと下手人は頭巾を被っていて人相はわからないのですが、喋り方から土地の者とのことです」

「京都弁か」

歳三は西国浪士ではないと聞いてほっとした。

「奉行所では新選組に手伝ってもらえれば有り難いと言っていました」

これを聞いた歳三は翌日、一人で奉行所に出かけていったが、帰ってくるとすぐに四人の隊士を自室に呼んだ。山崎烝、吉村貫一郎、塩沢麟次郎、松原幾太郎の四人である。山崎以外は四月に江戸で募集した者ばかりであった。歳三には新入隊士の忠誠心を試してみたいという気持ちもあった。

「もし辻斬りに遭遇しても下手に斬り合うことは止めたまえ。君らの任務は下手人の身元を明らかにすることだ。後を付けてどこの誰か探ればそれでよいのだ。探索は隠密に進めてくれ」

それから数日後、夜遅く山崎が歳三の部屋を訪れた。

「すみません。こんな遅くに」

山崎の顔色が冴えない。

「どうした？　何かわかったのか？」

「はい。辻斬りの正体がわかりました」

「どこの誰だ？」

「それが意外でして」

「いいから言ってみろ」

「新選組です」

歳三は驚愕した。山崎は語り始めた。

「今夜いつものように大門の近くで張り込んでいましたら、助けてくれという声が聞こえたので吉村と二人で声のする方に行ってみました。人気のない通りで辻斬りは刀を抜いて一人の男を脅かしていました。男が懐から財布を出して渡すと辻斬りはそれを受け取って立ち去りました。私は吉村と二人で物陰からこれを見ていましたが、辻斬りの後を付けました。辻斬りは何くわぬ顔をして大門を潜って輪違屋《わちがいや》に入ったのですが、入る前に被っていた頭巾を取って辺りをうかがいました。その時、男の顔が月明かりに照らされてわかったのですが……」

「そいつは誰だ」

「知った顔だったので吉村も私も腰が抜けるほど驚きました。その男は加納惣三郎《そうざぶろう》だったのです」

「なんという奴だ」

歳三の胸に怒りがこみあげてきた。加納は入隊時見習いとして秘書役を務めていたが、よく気のつく男で歳三が小頭に昇進させたばかりであった。

「そうか、加納は京都の出だったな」

「島原に出入りしていたことは知ってはいましたが、その金欲しさでしょうか？」

歳三は山崎のこの問いには答えず、逆に聞いた。

「加納はいつ屯所に戻ることになっている？」

「明日です」

「わかった。山崎君よくやってくれた。今日はもう寝たまえ」

歳三は怒りを制してようやく言った。

翌朝、山崎、吉村、塩沢、松原が歳三に呼ばれた。

「御苦労だった。君達のおかげで下手人が判明して近藤先生も喜んでおられる。だが本来、京の治安を守る立場の新選組に人を傷つけて金を巻き上げる悪者がいたとは残念だ。隊規に照らして厳罰を下さねばならない」

「切腹でしょうか？」

山崎が聞いた。

「いや、斬る」

「それも我々の任務でしょうか？」

「是非頼む」

四人の顔は緊張でこわばった。人を斬ったことがなかったのである。

「無論、私も加わろう」

歳三のこの言葉で四人は胸をなでおろした。加納を成敗する手筈を決めると隊士達は歳三の部屋を辞した。

加納惣三郎が輪違屋を後にして屯所に向かったのは昼近くになってからであった。真夏の日差しが加納の顔をいやおうなしに照りつけている。惣三郎が西本願寺の東を走る堀川通りを歩いていると、隊士らしき一人の男がこちらを見ているのに気がついた。

〈何をしているのだろう〉

惣三郎が不審に思った時、男の姿は寺の境内に消えた。惣三郎は堀を乗り越えて寺の境内に入った。するといきなり歳三と鉢合わせをした。

「加納君、君の帰りを待っていたよ」

意味ありげな歳三の言い方に惣三郎ははっとした。この時、惣三郎はさっき見た隊士と副長土方が何故ここで自分を待ち構えているのか、瞬時に悟った。惣三郎は後ずさりしたがそれも後ろに廻った隊士達に阻止された。惣三郎はあっという間に五人の抜刀した男達に囲まれた。

「加納君、島原で辻斬りを働いた罪により、君を成敗する。君も刀を抜きたまえ。最後の抵抗を許してやる」

歳三がこう言うと惣三郎は刀を抜いた。恐怖で顔がひきつっていたが猛然と歳三に斬りかかってきた。

歳三は振りかぶってきた惣三郎の剣をかわすとすぐに胴の一太刀を加えた。

「わっ」

惣三郎はあおむけに倒れた。

「吉村君、とどめだ」

すかさず歳三は命令した。歳三の声に気圧された吉村は渾身の力をこめて一太刀を加えた。惣三郎は動かなくなった。すべてが一瞬の出来事であった。

「吉村君、御苦労だった」

吉村は歳三の言葉で我に返った。

「こういう死に方だけはしたくないものだ」

歳三はこう言って刀を鞘に納めると何事もなかったように屯所に戻った。

この頃から近藤勇の命により隊規違反者への処罰は峻烈を極めた。ちなみに六、七月だけでも町家の女性との密通により二人切腹、金品のゆすりにより一人斬首、金策により一人が切腹させられている。

きくは額の汗を手の甲で拭った。京の夏は暑い。きくは軸物の表装を仕上げるとほっと一息ついた。

いつのまにか日が暮れていた。夕飯の支度をしていると戸口に人の気配を感じた。見ると歳三の姿がそこにあった。

「お待ち申しておりました」

歳三は何も言わずにきくの部屋に上がると書画を熱心に眺め始めた。歳三の視線は白牡丹の描かれた絵に釘付けになった。

「牡丹はお好きどすか？」

「ええ。江戸では庭園に咲いているのをわざわざ見にいく位でした」

「母は土方様が今夜おいでになるいうんで、きいつこてさっさと妹の所に泊まりに行ったんどす」

歳三はそれには答えず一人でくつろいでいた。きくは膳を運んできた。歳三は箸を付けた。

「今日、母に聞かれたんどっせ。夫婦にでもなるんかって？」

「きくはなんと答えたのだ？」

「今のところそのような事はおへんと言うたんどす」

「………………」

歳三は黙々と箸を口に運んだ。

「茶を入れてくれますか？」

歳三は箸を置くとそう頼んだ。きくは求めに応じて茶を用意した。

「私は農家の四男で気楽な立場だったのが、今はいつ斬られて死ぬかわからない危ない職務に就いている。とても嫁を貰うなどという気にはなれない。せめて動乱の世が治って私の出る幕がなくなるまではこのままでいて欲しい」

「…………」

今度はきくが黙る番であった。

「新選組の職務は私の性に合っている。時には浪士の抵抗に遭って間一髪ということもあるのだが不思議と辞めたいと思わない。たとえ斬り死にしても本望だ」

「さすがに武家様は違いますわ」

きくは目を丸くして驚いた。

「あはは。きくにこういう話は向かないね。新選組では私は無口な人間に思われているのだが」

歳三は茶をすすった。

「きく、仕事は忙しいのか？」

「ちょうどええ位どす。おかげさまで顔なじみのお客様に見立てを褒めて戴くこともありますさかい。そういう時が一番嬉しいんどす」

「きくも仕事が性に合っているようだ」

きくは膳を下げて後片付けを始めた。歳三はまた書画や屛風の一つ一つを眺め始めた。

「紙と墨はありませんか？」

歳三は突然きくに向かって尋ねた。きくは用意をした。

「どうぞ」

「有り難う。ちょっと書きたくなった」

歳三は墨をすりはじめた。

「何をお書きにならはったんどすか？」

きくは後片付けを終えると歳三の傍らに来ていた。

「きく、なかなかいい句だろう。自分で気にいっている」

【白牡丹月夜月夜に染めてほし　豊玉】

きくはまるで女手のように流麗な筆に魅せられた。

〈この人は一体何者なのかしら？〉

きくには土方歳三という男がよくわからなかった。きくの耳にも新選組の風聞は聞こえてきている。抵抗する浪士を容赦なく斬り捨てるのみならず、時として隊士にも激しい処罰が加えられる。頭目は近藤勇という名前で毎日、白馬に跨り家来を引き連れ悠々と二条城に登城していく。歳三がその頭目の右腕として活躍していることは容易に察せられるのだが、きくには気性の激しい副長の側面を片鱗として見せることはなかった。

歳三はその夜もいつものとおり、きくの家に泊まった。きくの家は歳三の金銭的な援助により新しく普請されていた。歳三が泊まるのに何の遠慮もいらなかった。

夜が更けた。

「今宵ほど牡丹の花を羨ましく思ったことはおへん。土方様がそれほどお好きやとは存じまへんどした」

「それは花の話だ。きくを好いているからこうやって来ている」

「それやったらこれから毎晩でも私を土方様の色に染めて欲しおす」

「…………」

歳三はきくのこういう言葉に秘められた情念を感じたが何も答えずにいた。

実は歳三はきくが閨《ねや》の中でますます大胆になっていくのに気がついていた。ちょっとした愛撫にきくが驚くほど反応するのである。毎晩きくのもとに通えば女の情念に溺れてしまうかもしれない、無意識のうちに歳三は自分を制御していた。これは以前からの習性で島原にも通い詰めるようなことはなく、気が乗らなければ幾日も屯所で夜を過ごした。女は自分を支えてくれるものではあったが溺愛の対象ではなかった。きくも女の本能でそれを感じていた。

〈この人が本当に愛しているのは剣〉

きくは次第に歳三という男を理解するようになっていた。


文久四年に蛤御門の戦いを起こした長州は、藩の家老や参謀の処刑で責任を取り幕府に対し恭順したかに見えたがその後、奇兵隊を組織した高杉晋作ら急進派が藩の実権を握ってからは再び近代的な軍備を整え始めた。この動きを察知した幕府は長州の真意と内情を探るため、長州訊問使《じんもんし》を送ることにした。

時に元治二年十一月四日、大目付永井主水正尚志《ながいもんどのしょうなおゆき》に新選組の近藤勇、武田観柳斎、伊東甲子太郎、尾形俊太郎を加えた訊問使は広島へ出立した。この時、勇は新選組とわからないよう内蔵助と偽名を用いている。出立前、勇は歳三に言った。

「留守を頼む。隊はお前に任せる。好きにしてくれ」

「わかりました。向こうは不案内な土地だ。どんな蛇が出てくるかわからない。くれぐれも用心してください」

「うむ。それと私に万が一のことがあったら」

勇は悲壮な表情をして言い足した。

「天然理心流は総司に継がせる。その旨は手紙に書いておいた。あとはよろしく頼む」

勇がこう決意したのは、この頃の総司には病の影すら見られなかったからである。

勇が出かけてからも、歳三は相変わらず市中巡察に出ていたが、京の町は静かに時を刻んでいるかに見えた。

師走になって長州視察の任務を終えた勇らが帰京した。久しぶりに屯所に戻った勇を歳三は妙に懐かしく思いながら迎えた。

「お帰りなさい。長州の様子は如何でした？」

「表面は謹慎を装っているが密かに戦《いくさ》の準備をしている」

「幕府の軍勢はどうでした？」

幕府軍は長州再征の為、西国《さいごく》に出向いている。

「困ったことに士気がない。戦《いくさ》になればかえって幕府が危なくなる」

勇はほっとため息をついた。

「ところで連れの御仁はどうしてた？」

「伊東甲子太郎か？　西国浪士と会っていた。歳、伊東には油断ならねえ。西国で何を吹き込まれているかわかったものでない」

「私は今まで近藤先生が妙に伊東をおだてるものだから、すっかり惚れているのかと思っていた」

「人物は好いている。だが伊東の勤王は新選組の尽忠報国とは相容れないものだ。今後、伊東がどう出るか、ちょっと様子を見よう」

「何事かありそうな気がするな」


明けて慶応二年。幕府側が予想だにしなかった反幕勢力の動きがあった。薩長同盟である。前年より長州藩のための武器の調達と薩摩藩の兵糧米の融通に奔走していた坂本龍馬は、この両藩を和解、同盟させようとしていた。

一月二十二日京都二本松薩摩屋敷にて、坂本龍馬立ち合いのもと薩摩の西郷隆盛と長州の桂小五郎の間で軍事同盟が結ばれた。これにより武力倒幕はいよいよ現実味をおびてきた。新選組も浪士の動きありとのことで伏見へ見廻りに出かけたが、何の収穫もなく屯所に戻った。

二月、近藤勇、伊東甲子太郎らは小笠原長行《ながみち》、永井尚志《なおゆき》に随行し広島へ入った。歳三は再び勇の留守の間、新選組を預かることになった。まもなく歳三は隊士の大石鍬次郎《くわじろう》が芸州浪人を相手に、さらに今井祐次郎が大石の弟、造酒蔵《みきぞう》と喧嘩し、あげくの果ては斬殺してしまったことを知る。本来ならば二人を隊規に照らして処断すべきなのだが歳三は目をつぶった。

「本来ならば君達の命はないはずだが今度は許そう。その代わりこれから一層、組のために精勤することを期待する」

二人は剣術に秀でていた。新選組としては腕の立つ剣士を失いたくなかったのである。しかしこの事件はそれでは済まなかった。大石が弟を殺された恨みを晴らそうと今井を付け狙った。

「土方先生、何とかしてください。大石が勝負しろとしきりに圧力をかけてくるのですが、私は私闘で命を落としたくないのです」

今井は歳三に訴えた。

「わかった、私がなんとかしよう」

歳三は今度は大石を呼んだ。

「大石君、君が弟のことで今井に復讐したい気持ちはよくわかる。だが私は個人の喧嘩で大事な人材を失いたくはない。もし今度、君が私の意に反して今井にあだ討ちするならば、私は君を隊規違反で処断するからそのつもりでいてくれ」

大石はうなだれて聞いていたが歳三に反駁した。

「でも斬られたのは私の弟ですよ。土方先生だって肉親を亡くしたら私と同じ行動をとるに決まってますよ」

大石の声は怒りで震えていた。歳三にも大石の心情は十分に理解できた。

「今井のことは私に免じて許してやってくれ。憎い気持ちは敵に向ければよいのだ」

歳三は半ば同情しながら言った。

「…………」

「君にはこれから活躍の機会を与えよう」

「わかりました」

ようやく大石は納得してこう答えた。

「局中法度は決して威しではない。わかって欲しい」

歳三は部屋から出ていこうとする大石に向かってさらに念を押した。

数日後、勘定方河合耆三郎《きさぶろう》が会計不足の責任をとらされ、歳三の命により斬に処せられた。

「決して威しではない」

再び大石の脳裏に歳三の言葉が不気味に蘇った。

六月、長州藩を取り囲んだ幕府軍は大島を攻撃した。二度目の征長戦である。長州藩は第一次征長戦後、高杉晋作により近代的な装備と編成を備えた軍隊に生まれ変わっており、結果は幕府の連戦連敗に終わった。

七月、長州から敗報が相次ぐなか大坂城で将軍家茂が病死した。折しも大坂、江戸では打ちこわしが相次いでいた。こうした幕権の衰退は新選組へも暗い影を落とし始める。

九月、名古屋へ出張していた伊東と篠原は帰ってくるといきなり近藤勇に申し出た。

「折り入って話がしたい」

勇は醒が井通り木津屋橋《きづやばし》下ルにある自分の私邸に二人を招いた。歳三も勇の傍らに居た。

「伊東先生、折り入って話とは何事でござるか？」

勇は切り出した。

「近藤先生、いずれ私は志を同じくする者達と新選組から分かれたいと思っている」

伊東は静かに答えた。

「伊東先生、新選組の局中法度に局を脱するを許さずとあるのを承知のうえでの発言ですか？」

歳三は横から口をはさんだ。

「もちろんだよ、土方君。私は西国で諸藩の志士と交わり、今は薩摩、長州の動きを知ることが最も肝要だということを痛感した。新選組にいては身動きがとれない。そのためにも新選組から分かれたい」

「伊東先生、私には分かれるも脱するも同じに聞こえるのですが」

歳三はむっとして言った。

「脱することができないから、分かれるのだよ」

この言い方を聞いて歳三は急に怒りを感じてきた。

「伊東先生、それはただの屁理屈というものだ。局中法度のことは入隊時に納得してもらっている。武士に二言はないはずだ。そうだろう、近藤先生」

「さよう、土方君の言うとおりだ」

「お二人の士道を守る姿勢は日頃より感服しております。しかし人を士道にのみ縛りつけるのもどうですかな？」

「何？」

「新しく自分達で独自に行動したい。我々の言っていることはこれだけだ。薩摩、長州の動きは新選組にも知らせる。決して悪いようにはしないから」

「それほどいい加減な志だとは思いませんでしたよ、伊東先生」

歳三は激しい調子で言い返した。

「いい加減ではない。これは天下の形勢を見て決めたことだ。土方君も少し諸藩の志士と交わって見聞を広めてみては如何かな?」

「何があろうとも新選組の法度を曲げることはできない。強いて新選組を出ると言われるなら伊東先生といえども遠慮はしませんよ」

「そうでしょうな、剣を教わった先輩すら処断してしまうほどですからな。その熱意には感服しております」

伊東は山南のことを歳三に対して皮肉った。歳三の怒りは心頭に発した。

「それはどういう意味だ、伊東先生」

「まあまあ、土方君」

今度は勇が歳三をなだめにかかった。

「伊東先生の言われることはわかりました。だが分かれると言われても我々もすぐには納得できない。伊東先生も局中法度のことはよく御存じのことと思う。今日はこれ以上話を続けても無駄というものだ。他日、また、話を聞こう」

「できれば、この次は土方君には御遠慮願いたいものですな」

伊東は歳三への敵意をあらわにしていた。最初の談合は終わった。伊東は帰る道すがら篠原に語りかけた。

「近藤は耳を傾けるかもしれない。だが土方は難物だ。あの男は国家の在り方などより隊士の結束を最も重要に考えている」

「先生、気をつけてください。離反ととられると芹沢達の二の舞になりますよ」

「私としては近藤をなんとかして説き伏せたい。明日もう一度、近藤と談合してみよう」

伊東の頭に入隊時の感動が蘇った。江戸で天然理心流の道場を訪ねて近藤勇に尊王攘夷の志を披瀝した際、少なくとも有意の士として国家に尽くしたい心情を勇は理解し尊重してくれた。この時、勇と伊東には男の友情というべき気持ちが通っていた。その証拠に勇の伊東への熱のいれようはひとかたならず、帰京して歳三を驚かせたほどであった。

〈土方はともかく近藤なら我々の志を理解してくれるのではないか?〉

伊東には淡い期待があった。

翌日、伊東は新選組から分離したい希望を熱心に勇に説いた。結局、近藤勇のなかで士道より伊東の説く時局論が勝った。

「…………」

最後に勇は反論できなくなった。談合は勇が伊東らの分離に耳を傾けたかたちで終わった。伊東らにとって後はいつ実行するかの問題のみであった。

十二月に入って水戸徳川斉昭の子、一橋慶喜が十五代将軍となった。彼は幕政改革に意欲的で佐幕派の人々は希望を抱いた。ところが年の暮れに佐幕派の人々を落胆させるような事件が起きた。孝明天皇の崩御である。孝明天皇は長州の倒幕の動きに反対しており、忠実に尽くす守護職松平容保をこよなく愛し、かつ深く信頼していた。新選組も蛤御門の戦いの際、御所の天皇を守護するために命がけで働いた。歳三はこの報に接して鳥肌がたつほどの緊迫感を感じた。この先どうなるのだろう、隊士達も口々に語り合っていた。ふと歳三は以前にも同じような気持ちになったことを思い出した。六年前、大老井伊直弼が桜田門外に倒れた時のことである。日野で歳三が剣修業に熱を入れていた頃、佐藤彦五郎と近藤勇はしきりに護衛の拙さを強調していた。その傍らで歳三は一人感慨を句に託した。

【ふりながら消ゆる雪あり上巳こそ】

この前代未聞の事件を動乱の幕開けと感じていたのである。

〈いよいよ何事かありそうな〉

同じような感覚が蘇った。だが考えてみても仕方がない。一寸先は闇であった。残り少ない師走を過ごすために愛するきくのもとに走った。

歳三はきくの家に上がった。きくは一人で椿の花を生けていた。その後ろ姿が妙に艶かしく見えた。

歳三は抱きつきたい欲求にかられたが抑えた。

「きれいどっしゃろ」

きくは歳三の方を振り返って、にこりと微笑んだ。歳三はきくの笑顔に接するとすべてを忘れた。慶応二年の最後の夜もいつもどおり、きくは歳三の傍らでかいがいしく立ち働いていた。きくは天皇の崩御がどんなに人々を悲しませているかを語った。

「孝明天皇は町で市が立つと出かけられて市井《しせい》の人々と親しく交わられていたんどす。ついこの間、将軍がお隠れにならはったばかりやのに次に天皇さんとは。京の人々は守護職の松平容保様をお迎えして安堵しましたのに後盾の天皇さんがお隠れにならはったら京はこの先、平穏でいられますやろか?」

「容保公の気持ちを察すると私も平静ではいられない。だが将軍慶喜公がなんとかしてくれるだろう。私も幕府のために全力を尽くしたい」

年が明けた。慶応三年になった。

「今年は黒豆がうまいこと煮えました」

朝、膳の前に座った歳三にきくは言った。

「黒豆?」

なるほど、歳三が箸を付けた黒豆は今まで味わったことがないほど美味だった。

〈この女は不思議だ〉

歳三は上洛前は吉原で、上洛後は島原で女達とつきあってきた。遊郭の女達は容姿端麗で服装も華美であったが、その美しさは造られたものであった。気難しい歳三が心を許してつきあった女は一人もいなかった。そして今まで歳三に黒豆を煮てくれた女は姉のぶだけであった。

〈きっと夫婦というものはこのようなものだろうな〉

歳三はしみじみと思った。思い返せば、歳三は両親というものを知らない。親の顔も知らずに育った歳三には夫婦の姿がよくわからなかったのだが、きくの女らしいこまやかな配慮のお陰で夫婦の愛を次第に感じるようになってきた。歳三はもう生涯このようなことはないと思うほど、満ち足りていた。天皇の崩御も新選組もどこかに消えていた。だがきくの暖かい家庭的な歓待に答えるにはどうすればよいのか？　歳三はかえって困惑してしまった。大体が愛を語るなどということは最も苦手とすることであった。そのもどかしさは肉体的に愛することで解消された。

〈いつもより優しい。なんでこんなに優しいんやろ?〉

閨の中できくは思った。きくにとっても歳三は不思議な存在であった。きくには歳三が狼のごとく恐れられている新選組の人間とは到底思えなかった。

正月が過ぎた。歳三が屯所に戻る朝、きくは思い切って歳三に問いかけた。

「新選組は人を斬るのんで恐れられてはりますけど、土方様も人を斬らはるんどすか？」

「何故そのようなことを聞く？」

歳三は驚いてきくの顔を見た。

「きくには優しい土方様がそのような事をしはるとは信じられまへん」

思い詰めたような表情のきくに歳三は何と言ってよいか一瞬戸惑った。

「新選組は猛者《もさ》ばかりだが女子《おなご》には優しいのだよ」

「…………」

「我々が相手にしているのは危険な過激浪士だ。優しさは無用だ。下手に哀れみをかけてはこちらがやられる」

「…………」

「そんな事を気にかけていたのか。でも私がこんな事を言っても女子のきくにはわからないだろうね」

「新選組の人達の斬り合いの噂を聞く度に身の縮む思いがします」

「そうか。私の身を案じてくれているのか？　きくは優しいからね」

歳三は微笑んだ。そして立ち上がると出かける支度をし始めた。あっという間に着替えを済ませた。

「もう屯所に出るよ。きくのおかげで良い年を迎えることができた。もうこのようなことは二度とないかもしれない」

「??」

きくは不思議そうな顔をした。歳三は直感を口にしたのだが、それを説明する気にはならなかった。

歳三は大刀を摑んだ。こうなると歳三はもうきくの知らない男であった。

〈やはり土方様は違う世界に生きておられる〉

きくは歳三との逢瀬で肉体的にも精神的にも満ち足りるのだが、それもほんの束の間のことであった。

きくは一抹の淋しさを感じながら戸口で振り返らない歳三の後ろ姿を見送っていた。


歳三が屯所に出ると勇が仏頂面をして火鉢の前に座っていた。

「近藤先生、どうかされましたか?」

「実は伊東らが島原に遊びに出かけたのだがまだ帰ってこない。私に対する当てつけのようにも感じる」

「いつからいないのですか?」

「元旦からだ、その日のうちに帰隊しなければ切腹という規則を無視している。それに」

「それに?」

「斎藤と永倉が伊東と行動を共にしている。まさか二人とも伊東に与《くみ》するつもりじゃないだろうな」

「あの二人は大丈夫でしょう。ただの気まぐれですよ」

「特に近頃の永倉は気にいらん。組に対して妙に批判的だ。そうゆうのは幹部としてはふさわしくない」

一月四日、ようやく伊東、永倉、斎藤が帰隊した。

「局中法度に違反したのは何故か？　よりによって参謀と二番、三番隊長がこうでは組が成り立っていかぬ。他の隊士達に示しがつかないではないか」

勇の機嫌は悪かった。

「酒に酔った勢いですよ」

伊東が答えた。永倉、斎藤も横で頷いた。事実、遊びすぎたという程度のものだったのである。

「しばらく謹慎していたまえ」

三人は一室に閉じ込められた。

「本当に処分されるのだろうか？」

斎藤が不安げに聞いた。

「よもや我々を処分することはないだろう」

人の好い伊東は楽観的であった。永倉は何も言わずに黙っていた。歳三は勇に呼ばれた。

「あの三人の処置だが……。私は誰かに腹を切ってもらおうと思う」

勇は思案顔で切り出した。

「一人にですか？」

「さよう。だが誰にするかが問題だ」

この三人のうち誰を失っても新選組の攻撃力、統率力が打撃を被ることは明らかである。

「一人だけが責任を負うのも片手落ちですよ。かといって三人に腹を切らせれば組はがたがたになる。ただでさえ昨年よりも脱走、失策で罰せられる人間が多くなってきています。この度は無罪放免ということにしてください」

歳三がこう主張したので勇もしぶしぶ承知した。数日後、三人はようやく謹慎処分を解かれた。

総司は謹慎処分を解かれたことを聞いて安堵した。以前に山南が処分されたこともあり、まさかとは思いながらも心底から心配していたのである。若い総司には近藤、土方の決定に口をさしはさむことはできなかった。二人の命令を忠実に実行することが自分の仕事といっても過言ではなかった。

「永倉さん、本当に良かった。まさかと思いながらも心配していました。ああ、嬉しい」

総司は笑みを満面に湛えて言った。

「実は私も肝を冷やした」

永倉は苦笑した。

「そうだ、これを祝って斎藤さんと三人で飲みに出かけませんか？」

「総司は行きたいようだな」

「ええ、年が明けてからはまだ飲みに出ていませんから」

「土方先生から聞いた話では、近藤先生は誰かに切腹させて責任を取らせることを考えたが、土方先生が止めたとか」

総司は飲みながら切り出した。

「切腹させられるのは私ではなかったかね？」

永倉は聞いた。

「特にそのような話は聞いていませんが」

永倉は以前、斎藤や原田と語らって建白書を会津公に差し出して、近藤の隊内での専制君主的な態度を改めさせようとしたことがあり、勇がそのことを根にもっていないかといぶかしんでいたのである。

「ところで伊東先生の様子はどうでした？」

「近いうちに新選組から分かれたい、君達も一緒にどうかと誘われたよ」

「永倉さんや斎藤さんはどうするのですか？」

「あはは。近藤や土方がこの俺達が裏切るかどうか心配していたかね？」

永倉と斎藤は顔を見合わせてにやりとした。

「近藤や土方とは試衛館からのつきあいだ。めったなことでは裏切らないさ」

総司に言うことは近藤や土方に筒抜けだと思いながら、永倉は断言した。

「私も初心を貫きたい」

斎藤が付け足した。

「とにかく良かった。たとえ試衛館の人間とはいえ山南さんの前例がありますから」

総司は声を落とした。思い出すだけでも胸が痛む。涙を呑んでのつらい介錯。自分は近藤、土方の手足に過ぎず、山南の助命を言い出すこともできなかった。近頃、こういう自分を解放してくれるのは病のみではないかという気がしてきた。事実、近頃は実戦からはずされ人も斬らずにすんでいる。

久しぶりに総司は心地好く酒を飲んでいた。

「さあ、帰りますか。腹を切らされる前に」

総司は冗談を言った。外は寒かった。酒で暖まった身体が急に冷やされた。総司は咳こんだ。永倉は心配そうに総司の顔を覗き込んだ。

「駕籠を呼ぼうか？」

「いや、大丈夫ですよ」

しばらくすると総司の言うとおり咳は止んだ。三人が四条橋にさしかかった時である。向こうから黒い影が二つこちらに歩いてくるのに気がついた。浪士風の怪しい男である。近づいて来るにつれ、向こうもこちらを意識しだした。永倉は総司に合図した。

「やるか？」

新選組としての職務遂行である。

怪しい者がいれば捕らえるか、もし抵抗すれば斬るのが隊士としての習いであった。誰が怪しいか、これも職業的な勘による。永倉の合図とほとんど同時に総司が頷いた。一番隊長と二番隊長は捕らえるという判断を下していた。新選組の一番、二番、三番隊長は二つの黒い影に向かってじりじりと歩んでいた。新選組隊士が近づくと、狙われた浪士はその気迫に負けて逃げ出すことも多い。

だがこの黒い二つの影は腕に覚えがあるのか、悠々と近づいてきた。このままいけば刀を抜き合って斬り合いになることは明らかであった。新選組の三人と黒い影が抜き合うのはほとんど同時であった。黒い影は実は土佐の片岡源馬と十津川郷士中井庄五郎でぜんざい屋事件の主謀者であった。

ぜんざい屋事件とはおよそ一年前、大坂市内に火を放ち、大坂城を乗っ取ろうとした計画を大坂の新選組がぜんざい屋に切り込んで未然に防いだ事件である。この時、片岡と中井は捕まらず、行方をくらました。

黒い影を怪しんだ、永倉と総司の勘は的中していたのである。

「観念すれば斬らずに済ましてやる」

総司は言った。

「貴様らは何者だ？」

片岡が叫んだ。

「新選組一番隊長、沖田総司」

これを聞いて片岡は動じなかったが、中井の方は明らかに動揺していた。永倉と総司は中心人物と見た片岡を取り囲んだ。斎藤が向かい合ったのは中井の方である。総司は片岡に斬りかかった。刀の切っ先が片岡の肩をかすめた。着物が裂けたがこれはほんのかすり傷だった。今度は永倉が足を狙った。これも片岡の足をかすめ、かすり傷を負わせた。本来ならばもう一太刀で完全に片岡を斬り伏せることができたはずであった。

ところが総司は急に喉元に熱い塊がこみ上げてくるのを感じた。総司は突然、戦闘を中止し横を向いてその熱い塊を吐き出した。血であった。苦しそうにむせる総司は手を口元に当てた。手指の間から血が流れ出した。この突然の異変で永倉、斎藤の視線は総司に注がれた。この瞬間、劣勢であった片岡と中井はこれは好機とばかり脱兎のごとく背中を向けて走り出した。斎藤は二人を追いかけたが永倉は追わずに総司のそばに駆け寄った。

「総司、大丈夫か」

心配そうに駆け寄る永倉に総司は返答できなかった。

「ちょっと待ってくれ。今、駕籠を呼ぶから」

咳と共に吐き出された血は白い雪を赤く染めていた。うずくまる総司の頭上に雪が舞っていた。

屯所に戻った三人は悄然としていた。特に総司は青ざめており、尋常でないことは一目瞭然であった。

木屋町の医師、南部精一郎先生が呼ばれた。帰り際に南部は近藤、土方に言った。

「前にも良順先生が言われたはずですが、あの若者に実戦は無理ですよ。ましてこんな寒い中、斬り合いをやるなんて寿命を縮めているようなものだ。くれぐれも無理をさせないようにお気をつけください」

歳三は蒲団の上に横になった総司の枕元に来た。まだ咳は続いていたものの大分楽になったように見えた。総司は起き上がろうとしたが歳三はそれを制した。

「少しは良くなったか？」

「ええ、息をするのが楽になりました。でも私のおかげで大事な獲物を逃してしまった。今度は私が腹を切る番だ」

「永倉の話では一人が土佐なまりを話したと言っているが、本当か？」

「私にもそう聞こえました。きっと前科者ですよ」

「まだ遠くまで行っていないだろうし、すぐ捕まえるさ」

「さっき、南部先生から身体をよく診せるように言われました。これからはもっと真面目に通います。今日つくづく自分が病人だということがわかった」

「これからは無理するなよ。そして早く良くなってくれ」

歳三は立ち上がって総司から離れた。障子を閉めて部屋を出た歳三の耳にまた、総司の咳が響いた。


三月、伊東およびその一派は故孝明天皇《こうめい》の御陵衛士《ごりょうえじ》を拝命し、屯所を出て五条善立寺《ぜんりゅうじ》に移った。伊東甲子太郎、鈴木三樹三郎、篠原泰之進、服部武雄、新井忠雄、藤堂平助、阿部十郎、加納道之助、清原清、富山弥兵衛、橋本皆助《かいすけ》、毛内監物、中西登、内海次郎、斎藤一の十五人である。伊東は屯所を出る前、近藤勇のところに挨拶に来た。

「世話になった。何かあったら言ってくれ。新選組の活動にも協力するから」

伊東は希望に燃えていた。いかにも嬉しそうな様子であった。この時、妙な笑みを顔面に含みながら共に屯所を出た男がいた。斎藤一《はじめ》である。近藤、土方は伊東がしばしば広島、名古屋、九州に遊説に出かけて歩き、勤王運動にのめりこんでいく様をそばで見ていた。ある時、歳三は勇に言った。

「伊東は口では巧いことを言っているが、自分達の足固めができたら勤王の連中と一緒になってこの新選組を潰しにかかるに決まっているさ」

「そうかもしれん」

「万が一に備えて、斎藤が伊東に誘われているから間者として送りこんだらどうだろう」

「うむ。それは名案だな」

威勢良く屯所を出ていく伊東らの姿を見て総司は歳三に言った。

「淋しくなりますね。大分、戦力をもっていかれた。まさか斎藤さんまで出ていくとは」

「何、人は又、集めればいい」

「近藤先生は伊東先生が入隊した時、大層喜んでおられたから、今度はがっかりしておられるだろうな」

「ところでお前、ちゃんと医者には診てもらっているのか？」

「ええ、一応は薬も飲んでますよ」

「近藤先生は伊東のことなどより余程お前の具合の方を心配しておられる。道場でお前が元気に剣の稽古をしているのを見ると安心すると言っていたぞ」

「…………」

「何といってもお前は一番隊長だからな」

「ええ、わかっています」

総司はこう答えてはみたものの、このところ自分が病にじりじりと追い詰められてきているのを自覚していた。剣の稽古はするものの以前のような力は出ない。隊士も総司のことを気遣い、本気では打ってこない。普段も何となくけだるい。

〈いずれ病が俺の生きる力を完全に奪ってしまうだろう〉

次第に剣を稽古する時間は減り、京の町を散策したり、他の隊士達と碁に興じる総司の姿が目立つようになった。


京都に暑い夏が近づいてきた。新選組が結成されてから四年が過ぎていた。六月に入って伊東らは東山高台寺の月真院《げっしんいん》に移った。六月十日新選組隊士は正式にすべて見廻り組のお抱えということで幕臣に取り立てられた。近藤の禄高は三百石旗本、土方は七十石と五人扶持であった。

ちょうどこの頃、坂本龍馬は長崎から京都に向けての船中で後藤象次郎に船中八策を示していた。これは朝廷を中央政府とする新しい立憲的国家体制の構想である。この後、後藤は大政奉還を幕府に建白することを土佐藩の方針とした。

慶応三年も秋になった。十月十三日、後藤の建白を受け入れた将軍慶喜は、二条城に四十藩の代表を集め大政奉還の決意を発表した。同日、朝廷より倒幕の密勅が薩摩に下賜される。十四日倒幕の密勅が長州にも下賜される。十五日朝廷は大政奉還を許可した。

九月末から隊士募集のために江戸に来ていた歳三は二十一日、新入隊士二十人を引き連れて江戸を発った。

昼時、品川の旅館釜屋に着いて祝酒や刺身に舌鼓を打つと、一行は気持ちも新たに京に向けて出立。道中、四日市宿まで来たところで、歳三は大政奉還の報を耳にする。

〈大政奉還？　これはどういうことだ。一刻も早く京に帰らねば〉

歩きながらも京の情勢が気になる。

〈この異変時に京の町は安泰でいられるのだろうか？　政を司るのは将軍ではないとすると一体誰なのか？〉

歳三はいつもゆっくり周囲の景色を楽しみながら歩くのだが、今は一刻も早く京に着きたい一心でつい早足になってしまう。こうして歳三が京に上る途中、後にした江戸でも異変が起きていた。近藤勇の養父周斎が隠居先の四谷舟板横丁で死去したのである。

「勇のおかげで大名暮らしができた」

楽隠居を喜んでいた周斎であったがこの後、勇や歳三らに訪れる悲劇を知らずにこの世を去ったことは、むしろ幸いであったかもしれない。

十一月三日、歳三は京に着いた。初雪が舞っていた。歳三の脳裏に上洛してからのことが次々と浮かんだ。池田屋騒動、蛤御門の戦いで京の町が火の海になったこと、残党を追って天王山に登ったことなど、その度に新選組は最大限に努力し、時には死闘を尽くした。さらに隊士の絶対的忠誠を守りぬくため、隊内からも多くの犠牲者を出した。

〈これからが正念場だ〉

歳三は全身に緊張感が走るのを意識した。

十一月十五日京都河原町近江屋《おうみや》にて坂本龍馬、中岡慎太郎、龍馬の従僕藤吉が何者かに襲撃され落命するという怪事件が起きた。坂本龍馬暗殺は誰の仕業か、新選組でも話題となったが余程腕の利く奴に違いない、というだけで結論は出なかった。

同じ頃、斎藤一が血相を変えて月真院から戻って来た。斎藤は勇と歳三の前で話し始めた。

「大変です。伊東は最近、新選組を手に入れるため近藤先生の暗殺を目論んでいたので私があえてその役をかってでました。二十二日決行となっています」

「何と卑劣な奴だ。新選組に資すると言っておいて裏で乗っ取りを目論むとは」

歳三は激怒した。

「どうやってやる？」

「近藤先生、高台寺党を壊滅させよう。こちらがやられる前に」

「東山に大砲を引き揚げ、小銃隊を門前に並べて、高台寺を狙い撃ちにする」

「あっはっは。戦《いくさ》好きなお前らしいな」

「当然でしょう。早くしなければ近藤先生が先にやられてしまいますよ」

「だが、まあそこまでしなくてもなんとかなるだろう」

「どうすればいい？」

「まず伊東を斬る。そう芹沢と同じようにしよう」

「一人だけのこのこ出てくるかな？　伊東がやすやすと騙されるとは思えないが」

「わからんがとにかくやってみよう」

「伊東も腕が利く。誰がやる？」

「酒を飲ませて酔ったところを数人でかかればいい」

「そうだな」

十一月十八日、ついに伊東に最後の時がやってきた。伊東は心地好く、酩酊していた。七条の勇の妾宅に招かれ、午後からずっと勧められるままに盃を重ねていたのである。酒宴には近藤の他、土方、原田、山崎、吉村も同席していた。人の好い伊東は旧知に再会したような気すらしていた。亥の刻、ようやくいとま乞いをして外に出た。外は凍りつくように寒く吐く息も白い。

〈やはり大丈夫だ〉

伊東は安堵した。

「近藤のところに一人で出て行くのは危ないから止めた方がいい」

高台寺を出る時、篠原から忠告されたのを思い出したのである。

〈篠原の思い過ごしだ〉

夜も更けて人通りも絶えた中、地面を踏みしめる音のみが響く。ところが木津屋橋の近くまできた時、板囲いの中から不意に槍が突き出された。突然のことで避ける余裕もなく、槍は伊東の肩から喉に当たり、血が吹き出た。

「曲者！」

伊東がよろけるのと同時に曲者が姿を現した。もともとは伊東の馬丁を勤めていた勝蔵と大石鍬次郎である。伊東は渾身の力を込めて近づいてきた勝蔵に斬りつけて、そこで力尽きた。高台寺党の悲劇は伊東のみにとどまらなかった。あくまでも壊滅を目論む新選組は伊東の遺体をおとりにして、出て来た鈴木、服部、加納、毛内、藤堂、富山との間で激しい斬り合いをした。このうち服部、毛内、藤堂は奮戦の末、討死。鈴木、加納、富山は命からがら逃げ出した。

「藤堂は惜しいことをした。できれば助けたかった」

近藤勇は試衛館時代からの同志の死を心から悼んだ。

十二月九日大政復古の大号令が出され、摂政関白や幕府政治は廃止されて天皇親政の体制が宣言された。これにより、京都守護職、京都所司代も廃止された。さらに夜、小御所会議において慶喜に対し、辞官納地の決定が下された。十日、政権の座を追われた慶喜は京都二条城を立ち退き、大坂城に入った。

十一日会津公用方から新選組に大坂へ下るよう達しが出た。

「出陣の用意をするように」

近藤勇は命令した。

歳三は大坂に行く前に是非しなければならないことがあった。きくに別れを告げることである。

「慌しく急に大坂に下ることになった」

時節が時節だけにこのような別れが来ることもきくは薄々感じてはいたが、さすがに歳三からそのことを聞かされると涙ぐんだ。

「幕府がなくなって、新選組もこの先どうなるかわからない。京には薩長の兵が大勢入りこんできているので戦《いくさ》になるかもしれない。果たして生きて帰れるものかそれも覚束ない。だが」

歳三はきくの顔をまじまじと見つめた。きくの双眸に涙があふれていた。歳三も胸の絞めつけられる思いであったが、きくに言い聞かせるような調子で言った。

「私が京に来てから世の中が平穏無事であった試しはないが、天下太平が戻って私の命が無事ならまた逢えるだろう」

きくの頬を涙が伝った。歳三は手のひらで涙を拭った。そしてきくに優しい目差しを向けた。きくとの最後の時間は静かに過ぎた。いつものとおり食事を済ませ、入浴をしてきくに髪を結ってもらった。会話はとぎれがちであった。先のことなどわかる訳もないのだが、永遠の別れになることを二人は予感していた。外では雪がしんしんと降っていた。底冷えといわれる寒さの中、最後の夜はゆっくり過ぎていった。

夜明け前、歳三は起きて支度を済ませるときくに言った。

「色々面倒をかけたが有り難う。きくに逢えて良かったと思っている」

「きくこそ果報者どす。どうぞ御無事で。きくは土方様のお帰りをいつまでもお待ちいたします」

歳三は人目を忍んで屯所に向かった。歳三の姿はすでに新選組副長のものであった。きくは歳三の振り返らない後ろ姿をいつまでもみつめていた。

一旦、下坂《げはん》した新選組は十六日京に呼び戻され伏見鎮撫のため伏見奉行所に移った。十八日二条城へ軍議に出かけた近藤勇は夕刻七つ、伏見に戻る途中、伏見墨染《すみぞめ》にて馬上のところ篠原泰之進と阿部十郎に狙撃された。弾は勇の肩を撃ち抜いたが勇は馬を走らせ、そのまま逃走した。勇の護衛に当たった下僕久吉と石井清之進はこの時の斬り合いで落命した。

「大変だ、土方先生すぐに来てください」

永倉に呼ばれて歳三が奉行所の表口に出ると、勇が隊士に脇をかかえられて歳三の方に歩いて来た。勇は右肩の傷を手で押さえ前かがみになり、ひどく苦しそうな様子である。

「歳、やられた。藤之森神社の辺りだ」

勇は喘《あえ》ぐように言った。

「相手は誰だ？」

「高台寺の篠原、阿部、加納、富山だ。危うく斬られそうになったが逃げてきた」

「わかった、だがもう喋るんじゃねえ」

勇は真っ青な顔をしていたが、歳三も全身の血の気がすうっと引いていくのを感じた。

〈この大事な時に一体どうすればいいのか？　近藤先生、死なないでくれ〉

会津藩から医者が来て、勇の肩の治療をしていった。

「弾は急所を外れているので命には別状はないでしょう。だがここで療養するのは難しい。どこかに移すことを考えなくては。もうこの辺りではいつ戦《いくさ》が始まるともしれないでしょうから」

「わかりました」

すぐ後、大坂城にいる将軍からも医者が遣わされた。歳三は医者に頼んだ。

「近藤先生ともう一人、胸の病で寝ている者がいるのですが、安全なところで療養させたいのです。大坂で何とかならないものでしょうか？」

ちょうど、総司も具合が思わしくなく病の床に就いていたのである。医者は快諾した。二人の大坂での療養の便宜を計ってくれることを約束してくれた。

〈良かった。これで何とかなりそうだ〉

歳三は勇の枕元に来て言った。

「近藤先生、総司と一緒に大坂に移ってください。ここはもういつ戦《いくさ》が始まるともわかりませんから」

「そうだな。こんな有り様なら足手まといになるだけだ。歳、すまんがあとはよろしく頼む」

勇は治療に疲れたためかそれだけ言うと目を閉じた。歳三は今度は寝ていた総司の枕元に来ていた。

総司は勇の撃たれたことを心配して病んだ身体を起こして言った。

「近藤先生は誰に撃たれたのですか？」

「高台寺の連中だ」

歳三は痩せ細った総司の身体を気遣いながら答えた。

近頃、病の悪化から総司はよく血を吐いていた。

「ああ残念。私が病気でなければすぐに討ち果たしてしまうのに」

「心配は無用だ。命には別状はないようだ」

「それを聞いて安心した。先にそれを言ってくれれば良かったのに」

「総司、もうここは病人のいるところじゃねえ。近藤先生と一緒に大坂に下ってくれ。大坂城には松本良順先生がおいでになる。新選組はこれから俺が指揮する」

「わかりました」

総司は諦めたようだった。しかし面には無念さが隠せなかった。本当は新選組の同志達と共に戦いたかったのである。

「結局、武功は土方先生が一人占めですね」

「この先どうなるかわからないが、武運を祈っていてくれ。これからが正念場だ」

歳三は気迫をみなぎらせて言った。総司は歳三の顔をみつめた。歳三の瞳には燃え上がる闘志が秘められていた。

二十日、近藤勇と沖田総司は舟で伏見から大坂に向かった。

## 鳥羽伏見の戦い

年が明けて慶応四年一月二日、大目付滝川具挙《ともたか》は倒薩の表を持って上京した。武力衝突を避けて大坂城に退いた慶喜であったが、薩長の横暴に激昂した幕府軍主戦派の勢いを止めることはもはや不可能であった。幕府軍の本営は総督を松平定敬《さだあき》として淀に置かれた。幕府軍は伏見街道を東進する一隊と鳥羽街道を北進する一隊に分かれた。夕刻、会津藩林権助安定《ごんすけやすさだ》率いる砲兵隊三百名が伏見に到着した。これで伏見には新選組百五十名を含む三千名が布陣した。幕府軍は淀以北に会津、桑名、高松、松山藩兵を合わせて一万名余り、大坂に兵五千を擁しており、一方の薩摩三千名、長州千名の倒幕軍を数の上で圧倒していた。

「土方さん」

自分の名前が呼ばれたので振り返ると大砲奉行、林権助《ごんすけ》その人が立っていた。林は六十路を越えていた。甲冑姿で古武士を髣髴とさせる風貌はまるで戦国時代から蘇ったようである。

「近藤殿は参戦できず残念でしたな」

林は歳三ににこやかに話しかけた。

「これは林先生」

「新選組の斬り込み、期待しておりますぞ。池田屋での活躍を是非もう一度見せてください」

「全力を尽くします」

「私はもうこの年だ。もはやいつ戦いで命を落とそうとも悔いはない。私の息子も来ています。愚息ながらやる気十分です。よろしく頼みます」

こう挨拶すると林は立ち去った。交わした言葉は少なかったが、歳三は老将の威厳に圧倒されてややしばらく我を忘れた。

〈あの年齢で大したものだ。よし俺もやるぞ〉

三日になった。いつ開戦になるかわからずに隊士らは待たされていた。歳三はしびれを切らした。

「景気づけに酒でも飲もう」

歳三らは灘の銘酒を抜いて酒を汲み交わした。

この頃、滝川播磨守《はりまのかみ》率いる幕府先遣部隊千二百名は鳥羽街道を北進して、赤池付近で薩摩軍に対して入京の許可を求めていた。だが薩摩は許可する気配がなく滝川は前進を強行した。これを阻止すべく午後五時頃、薩摩は秋の山に引き揚げた砲から幕府軍めがけて砲撃を開始した。ここに鳥羽、伏見の戦いの火蓋はきって落とされた。この砲撃を合図に御香宮《ごこうぐう》にあった薩摩の大砲も伏見奉行所めがけて火を吹いた。

歳三らの酒宴の席にも砲弾がばらばらと落ちてきた。

「よし始まった。外の庭に集合してください」

歳三は隊士達を広庭で待機させて突撃の機会をうかがった。歩兵第七連隊から伝令がやって来た。

「砲撃の合間をみて突撃します。一緒に行動を開始してください」

歳三は二番隊長永倉を呼んだ。

「第七連隊と共に北進して薩摩陣地に斬り込んでくれ。武運を祈る」

「わかりました」

永倉はいずれも甲冑を身にまとった隊士達を引き連れ、奉行所の高塀を乗り越えた。奉行所への砲撃は激しさを増していた。

一方、会津藩砲兵隊も負けじと、北方の御香宮と北東の龍雲寺にある敵の大砲陣地めがけて砲撃を開始した。龍雲寺の大砲が休止した。砲撃による被害が出た模様であった。

〈大砲奉行もなかなかのものだ〉

待機していた歳三らは期待した。だがしばらくして龍雲寺からの砲撃が再開した。薩軍の大山弥助の第二砲隊が駆けつけて大砲陣地が再び勢いを取り戻したのである。砲撃を受けた伏見奉行所は火災を発した。炎に包まれた奉行所は幕府軍を明るく照らし出し、高地に陣地のある薩摩軍からの攻撃を容易にした。永倉ら二番隊が帰陣した。

「永倉君、戦況はどうだ？」

「町のあちこちで火の手が上がって向こうの陣地までは届きません。近くまで行っても銃で狙い撃ちされます。新選組にも死傷が出ました」

戻って来た兵隊は皆、軍服に付いた火の粉を払っている。伏見の町は民家からも出火して漆黒の夜空をあかあかと照らし出していた。歳三のところに林権助がやって来た。

「砲撃が激しくなってきたが劣勢を挽回するため薩摩軍に対して一斉攻撃をかけたい。新選組も我々の砲兵陣地に集合してください」

奉行所の東南側に集合した新選組は、伝習隊と共に火焔《ほのお》に包まれた伏見の町を背に出陣した。伝習隊は銃撃と前進を繰り返して進撃していく。奉行所から東方の寺院には薩摩軍の大砲陣地が敷かれており、幕府軍の動きに気付いて猛射してきた。

〈せめて銃があれば互角に戦えるのだが〉

歳三は伝習隊員の装備を見て歯ぎしりした。銃弾の飛来が激しくなり新選組から死傷者が続出した。

〈永倉が言っていたとおりだ。これでは斬り込む前にやられてしまう〉

薩摩軍が桃山まで退陣すると、歳三も新撰組の帰陣を決意した。奉行所に戻ったが建物の火災は一層大きくなっていた。夜半ついに退却命令が出された。

【戦局不利にて高瀬川以西に退却】

新選組も淀方面に向かって鳥羽街道を南下した。この時すでに夜更けになっていた。


五日になってまた新選組に出陣命令が出た。淀、千両松堤防の上と下に分かれて陣を敷いた。歳三は堤防下の葦の中にいた。

〈そういえば餓鬼の頃、喧嘩した時もこんな風だったな〉

少年時代に家の近くの浅川の土手で、近隣の少年達と戦国時代の斬り合いの真似をして遊んだことを思い出したのである。

〈だがこれは本物の戦《いくさ》だ〉

歳三は腰に帯びた刀剣を撫でると武者震いをした。長州兵と薩摩兵が攻めてきた。会津軍は発砲せず、じりじりと後退していく。それにつられて薩摩、長州は前進したがその隙をついて新選組、会津藩は刀や槍を振り回して躍り出た。不意をつかれて薩摩、長州は大打撃を受けた。

〈やった〉

歳三は心の中で勝利の凱歌をあげた。ここまでは良かった。少年時代にはここで喧嘩は終わって、歳三は近隣の悪餓鬼から大将として尚一層の尊敬を集めたものだった。しかし現実は歳三の目の前で新選組、会津藩にばたばたと死傷者が続出していた。後続の薩摩軍が到着して銃を乱射したためである。戦いは数時間に及んだ。刀や槍しか持たない新選組は時間がたてばたつほど、銃や砲弾の的になり倒れていった。歳三は初めは隊士達に指示を与えていたが、泥沼の攻防が続く中、隊士達も散り散りになり姿を見失った。

〈戦国時代の戦《いくさ》とは大分様相が異なっている。刀や槍ではまるで相手にならねえ〉

歳三は弾がびゅんびゅん飛来する中、戦闘状況を知るため、堤防上を駆けた。

〈畜生。大分やられてる〉

負傷兵をまとめながら思った。だがそんな歳三の心配をよそに、身軽に刀を振りかざして戦場を走り廻っている者もいた。永倉である。

「土方先生、気をつけてください。隊長がいなくなっては全員の士気にかかわりますから。私はもうひと走りして薩摩隼人と決戦してきます」

永倉はそう言うなり淀小橋の方へ駆けて行った。その姿はかつての池田屋の斬り込みを髣髴とさせた。

〈さすがだ〉

歳三は熱い視線を永倉に投げかけた。その後も隊士の士気を鼓舞するべく堤防の上下を走り廻っていたが、新選組の死傷が二十名位を数える頃、ついに総指揮官から撤退命令が出た。

【淀城まで撤退】

ところがその肝心の淀城は到着した幕府軍を入城させなかった。淀藩は城主が老中稲葉美濃守で譜代であったので当然幕府軍に協力すると期待されたのだが、幕府軍の劣勢に気づいて倒幕軍へ寝返った。その理由として四日、天皇から倒幕軍に錦旗が授かり、士気が鼓舞されたことがあげられよう。これにより幕府軍の士気は低下し、津藩、藤堂藩など寝返る藩が出て戦局に影響した。

六日、新選組は橋本と八幡《やわた》に分かれて頑強に抵抗したが、淀川の対岸に依っていた津藩から大砲を撃ちかけられついに敗退して大坂城を目指した。

〈畜生〉

歳三は淀川べりを歩いていた。思ってもみなかった敗退である。足どりは重い。

〈いくら頑張ってみても銃や砲にはかなわない〉

目の前で銃弾に斃れる隊士達。

〈これが実戦というものか。しかし負け戦《いくさ》とはなんと惨めなんだろう〉

淀川に目を向けると負傷兵を満載した船が次々と下っていく。

〈隊士達も大分死んでしまった。近藤先生になんと言ったらよいものか？　それにしても薩長に寝返るとはどういう魂胆だ？〉

友軍と信じていた津藩や藤堂藩からの攻撃は戦局を左右した。歳三は腹わたが煮えくりかえった。裏切りは歳三の最も嫌うところである。ふと歳三は悪い予感にかられた。

〈ひょっとしてこの戦《いくさ》、負けるのではないか？〉

戸板で運ばれている負傷兵の呻き声が聞こえた。歳三は一層重苦しい気持ちになった。この時、背後から突然、声が聞こえた。

「土方先生、もうすぐ大坂城ですよ」

「えっ？」

歳三ははっとした。声をかけたのは一緒に歩いていた馬丁の沢忠助であった。遠くに大坂城の天守台が見えてきた。大坂城は日本の名城である。本丸に天守台が築かれ、多くの櫓《やぐら》や高垣に囲まれ、敵からの防御は完璧である。その威容に歳三は圧倒された。さらによく見ると、前を歩いている大勢の兵が列をなして吸い込まれるように入城していく。

〈いや、諦めるのはまだ早い。あの城に依って戦えばまだ勝機はある。それになんといっても将軍がおられるのだ。戦いはまだまだこれからだ〉

歳三は急に元気を取り戻して早足で歩き出した。忠助も歳三に遅れまいと急ぎ足で後を追いかけた。

大坂城に入城した新選組は官軍の攻撃に備え、砲撃の準備に追われた。

【出陣の用意をするように】

慶喜から御達しがあり兵士達の意気は揚がった。六日の夜も更けて永倉が歳三に進言した。

「戦いが始まれば、先生はまた忙しくなります。ここでしばらく御休みになられては如何でしょう？」

「それもそうだな」

歳三は二の丸の一室で毛布を借りて横になった。傍らで原田左之助が高いびきをかいて寝ていた。すぐには寝つけなかったがいつのまにか眠り込んでいた。

空がしらじらと明るくなりはじめた頃、騒々しい物音で目が覚めた。大坂城内にいる人達が一度に目覚めたようだった。どやどやと人の歩き廻る足音と怒声が響きわたっている。尋常でない雰囲気に歳三はがばっと跳ね起きた。

〈さては戦《いくさ》が始まったか？〉

しかし砲声は聞こえない。

「何の騒ぎですかね？」

横で寝ていた原田左之助も眠たい目をこすりながら言った。歳三は身支度を済ませると部屋を出て外に出ようとした。途中廊下で永倉に出会った。

「何だ、この騒ぎは？」

「今、土方先生に知らせようと思って飛んで来たのですが……」

「？」

「大変です。将軍と会津公それに老中が城内から姿を消されました」

「何？？」

歳三には永倉の言っていることが俄《にわか》には理解できなかった。

「はい。将軍慶喜は夜遅く小姓の交代であると門番に偽って城を脱出されました。会津藩公、桑名藩主そして老中酒井殿と板倉殿も一緒です」

〈これは一体どういうことなんだ？？〉

歳三はようやく将兵らの動揺の意味がわかった。

〈裏切られた〉

鳥羽伏見の戦いで淀藩や津藩、藤堂藩の背信行為には腹が立ったが、今度の大将の敵前逃亡の報にはもう腹も立たなかった。その代わりに歳三は一瞬、深い絶望感に襲われて、戦意を失った。

## 永遠の別れ

《六日の夜、慶喜は会津藩主、桑名藩主、老中を連れて闇にまぎれて大坂城を脱出すると翌日未明、天保山沖に停泊する開陽丸に乗船して艦長榎本武揚の不在にもかかわらず、八日江戸に向けて出帆した。大坂城に残された将兵達は翌朝、総指揮官のいないことに気づいて茫然自失となり、戦うこともできず解散した。歳三は海軍副総裁、榎本武揚に頼んで負傷者を含む新選組の残党を富士山丸に収容してもらい、自身も榎本、近藤、沖田らと共に乗船した。十一日、富士山丸は海路、天保山沖から江戸に向かった》

歳三は黙って海を見つめていた。細かいしぶきが顔面にかかっても拭おうともせず、船縁《ふなべり》にたたずんでいた。無数の泡ができては消えていく様子が歳三に無常感を感じさせていた。一つ一つの泡は戦いで死んだ多くの兵士の命のように思えた。自分と出会い、そして死んでいった人々が思い出される。新選組の井上源三郎、山崎烝《すすむ》、会津藩の林権助隊長など少し前まで生きていた人達が、まるであぶくのようにあっけなく消えてしまった。歳三にしては珍しく一人感傷にひたっていた。

「土方さん、そんな所にいては風邪をひきますよ」

歳三が振り返ると榎本武揚が立っていた。

「土方さんは余程、海が気にいられた様子ですな」

「実は軍艦に乗るのは生まれて初めてです。海の上を走れるとは驚きました」

「まさかこんな寒い所に長くは居れないでしょう。ちょっと私の部屋に来てみませんか?」

榎本は歳三を自室に案内すると椅子をすすめた。

「椅子や机は土方さんにとっては慣れないでしょうが、オランダにしばらく居た私にとってはこちらの方が扱いやすいのですよ」

榎本は、急に立ち上がると葡萄酒の瓶を棚から下ろして中身をグラスに注いだ。

「葡萄という果実で造られた酒でなかなか美味ですよ」

歳三は葡萄酒の入ったグラスを渡されるとそれを一気に飲み干した。冷え切った身体は再び温かみを取り戻した。軽い酩酊感が歳三を襲った。

「どうですか?」

「これが酒ですか？　甘くて不思議な味がする。実はもう五年も前のことですが、京に上洛して仲間と酒を飲む時にはこう唄っていたのですよ。あめりか船を打ち払え、とね」

「ほう」

「そんな私が、こうやって夷狄《いてき》の船に乗って、椅子に座って酒を飲むというのも全く時勢の変わりようもめざましいというほかありません」

「なるほど。ところで近藤先生の御加減は如何ですか？」

「おかげ様で順調です」

「それとそばにいた痩せた若いのは誰ですか？」

「ああ沖田のことですか？　あれは一番隊長として京で活躍してきたのですが、今は胸を患って一線を退いています」

「一番隊長ですか？　あの若さで大したものだ。剣のことはわからないが余程腕が立つのでしょうな」

「ええ。元気な時分には並ぶ者がいなかったといっても過言ではないでしょう」

「土方さんと比べてもですか？」

歳三は笑みを浮かべて頷いた。

「土方さん達が上洛された頃、私はちょうどオランダに留学する旅に出かけていました。オランダ到着前に寄港したセントヘレナ島での感慨は生涯忘れることができません。あの偉大なナポレオンの眠る地を訪れて一同しばし感慨にふけったものです」

榎本の目は遠いものを見るようであった。

「ナポレオン？」

歳三は首を傾《かし》げた。

「欧州でナポレオンの名前を知らない人はいないでしょう。フランスで一介の軍人から皇帝まで出世した男です。天才的な軍事家で一時は欧州の広い範囲を支配していましたが、ロシア攻略に失敗してセントヘレナ島に流されて亡くなりました。今はナポレオン三世の時代です」

「…………」

「私は幕府のおかげでオランダに行って色々なことを勉強させてもらった。海軍に関することのみならず、化学、経済、文化、語学。これからこの国に必要なことばかりです。ところが帰国してみると薩摩と長州の暗躍によって幕府がつぶされそうになっている。私には今の慶喜公の弱腰な態度がよくわからない。ぐずぐずしていると取り返しのつかないことになってしまう」

「欧州で指揮官が兵卒を残していなくなることがあるでしょうか？」

「もちろん聞いたことないですよ。今のところ幕府にとって不利な状況ばかりですが、江戸に戻って戦《いくさ》の準備をしましょう。私に開陽丸がある限り、命ある限り戦いますよ。フォールリヒター（開陽）に乾杯！」

歳三は榎本とグラスを合わせたが今度は口をつけなかった。最初の一杯で十分酩酊していた。歳三が自分の船室に戻った時、勇は起きていた。

「歳、酒を飲んだのか？」

「ああ、すっかり酔ってしまった」

「お前にしては珍しいな」

「ああ、よくきく酒だ。榎本に勧められた」

「面白い話でも聞いてきたのか？」

「ナポレオンの話だ」

「ナポレオン？」

「昔、ふらんすで皇帝になった男だ」

「将軍より偉いのか？」

「そのようだ」

歳三は面白くなかった。ナポレオンは桁はずれの男であった。領土を拡大するため進軍し、ついにはロシアにまで攻め込んだ天才的軍事家。

〈榎本はふらんすの英雄のことを教えてくれたが、それに比べて俺達はどうだ。初戦で敗退している。ナポレオンにでも戦《いくさ》の仕様を教えてほしいものだ〉

歳三は仏頂面をしてハンモックにごろりと横になった。

一月十五日、品川に上陸した新選組は旅館釜屋に入ったが、近藤勇と沖田総司は松本良順の診察を受けるために神田和泉橋《いずみばし》の医学所に向かった。二十日、新選組は鍛冶橋大名小路《かじばしだいみょうこうじ》の屋敷へ移った。二十三日、歳三は勇と共に江戸城での評定に主戦派として加わったが、幕閣は恭順派の勝海舟が中心となっており恭順論が優位を占めた。

二月十二日、慶喜は上野の寛永寺に移って謹慎した。新選組は江戸城から上野までの沿道に隊士を伏せて慶喜を警護した。この頃、近藤勇の頭の中は慶喜のことで一杯であった。何とか慶喜の汚名を雪ぐことはできないものか、生来の義侠心から勇はあることを思いついた。

「なあ、歳。このまま黙ってひきさがるのも悔しいじゃないか。甲府城に行ってそこに慶喜公をお迎えして、そこを本拠地として官軍に抵抗するというのはどうだろう」

「話が大きすぎないか?」

「勝に話をしてみよう」

当時、勝海舟は軍事取扱すなわち幕府陸軍の最高司令官の立場にあった人物である。

二人から話を聞いた勝は即座に答えた。

「ああいいよ。よければ武器も与えよう」

恭順を考えていた勝はこれを機会に過激な新選組を江戸から遠ざけられると思い、内心は渡りに船とばかりに喜んだ。

「勝の承諾を得てきた。金と武器も揃えてくれるそうだ。後は兵隊だ。そうだ甲府を視察するのに誰か人を遣ろう」

江戸城から大名小路にある屋敷に戻って来た勇は嬉しそうに歳三に語った。

〈まるでもう成功したみたいだな〉

歳三は勇を醒めた目で見つめた。鳥羽、伏見の戦いで手痛い敗戦を経験しており、簡単に事が成るとは思えない。だが無邪気に甲府行きを夢みる勇にそれを止めろとも言えなかった。この先どうなるか全く予測できないでいるうちは勇に付いていくしかなかったのである。

三月一日、かつて歳三が試衛館のある江戸と日野を何度も往復して歩いた道を、大名行列のつもりでゆっくりと進む一隊があった。甲陽鎮武隊である。新選組の残党に、松本良順の知己《ちき》である浅草の弾左衛門《だんざえもん》の配下が加わった総勢百余人の部隊で、大砲二門と小銃二百二十五挺で武装化している。

「これがうまくいけば百万石の大名になれる。歳、どうだ。これで念願の夢がかなうぞ。大したものだ、農家の息子が大名になるとは。秀吉みたいなものだな」

勇の声は弾んでいる。

「うまくいけばの話でしょう」

歳三は相変わらず仏頂面で答えた。一隊は府中六所宮《ろくしょぐう》のそばを通った。勇はふとここで戦勝祈願をすることを思いついた。一隊は静かに止まった。駕籠の中から勇と歳三が姿を現した。

「歳、何故ここで降りたかわかるか？」

「徳川家康が関ヶ原に行く前に戦勝祈願したのにあやかりたいのでしょう」

「よくわかるな」

「長いつきあいですから、何を考えているか位すぐにわかりますよ」

「あれはいつだったかな？」

「あれ？」

「わからないか？」

「？」

「天然理心流四代目襲名披露の野試合をここの境内でしただろう」

「万延二年ですから今から七年前です」

「もうそんなに前になるのか」

「俺達の様子はすっかり変わってしまった」

二人の脳裏に浮かんだのは同じ光景であった。そこには沖田総司、山南敬助、井上源三郎がいた。赤と白に分かれて戦ったが結果は山南のいる赤が勝った。歳三は白組であった。野試合の後は府中宿に出かけて、はめをはずして仲間とどんちゃん騒ぎをした。あの頃は何もなかったが青春の輝きがあった。その後上洛して新選組を結成し、歳三は自分なりに理想を追及してきた。そして多くの犠牲者を出しながら天下無敵の剣客の集団をつくりあげた。歳三は自信満々であった。だが鳥羽伏見の戦いで幕府軍は大敗し、新選組も多くの隊士を失うという大打撃を受けた。沖田は重病、山南と井上はすでにこの世にはいない。歳三は急に空しい気持ちに襲われた。

〈新選組はもはや終わりか?〉

「まあ、いまさら昔を思い出してみても仕方あるまい。神様に手を合わせようではあるまいか」

勇は、悲観的な心情を察したのか歳三の気持ちをひきたてるように言った。歳三は勇にうながされて手を合わせた。二人が駕籠に戻ると一行はまたのろのろと進み始めた。

二日、八王子に向かった甲陽鎮武隊は途中で日野の佐藤彦五郎家に立ち寄った。言い伝えによれば歳三は日野の村人が挨拶をしても無視したとされている。新選組が惨敗したことでいかに機嫌をそこねていたかがわかる。さらに歳三は姉のぶに会ってこんな会話を残している。

「歳さん、大層出世されましたね」

「いいや、出世じゃない。時勢の変転によるものだ。だがこういう時代に生まれ合わせて幸せだ。時勢の変転を身をもって経験できて面白かった」

「これからはどうなさるおつもりですか?」

「さてどうしたらいいものですか」

のぶの最後の問いに歳三は笑って誤魔化した。この時点で歳三は甲州行きにそれほど期待していたとは思われず、官軍が関東に迫っているこの時、新選組の今後をどうしたらよいものか途方にくれていたのである。

甲陽鎮武隊は三日小仏峠《こぼとけ》を越え、四日笹子峠《ささご》を越えたがこの時、板垣退助率いる土佐迅衝隊《じんしょう》その他一千数百人によって甲府城が接収されたとの情報を入手した。五日、駒飼《こまがい》に布陣したところで歳三は援軍を頼みに道を引き返して江戸に向かった。六日、勝沼柏尾山に布陣した甲陽鎮武隊と土佐の谷守部《もりべ》の指揮する迅衝隊三百との間で戦闘が開始された。にわか仕込みの甲陽鎮武隊は大砲の撃ち方もろくに知らず、上から下から攻められて山中をばらばらと退却せざるを得なかった。十日、江戸に戻った近藤勇は神田和泉橋の医学所に入って休息したが、陸軍奉行並松平太郎から幕府陸海軍に協力するように求められた。

この頃やはり江戸に戻った永倉、原田、島田、矢田らは、独自に会津へ行って戦うという決議を起こし近藤勇を誘いに医学所にやってきた。だが勇は断った。

「さような決議には加盟いたさぬ。ただし拙者の家臣として働くなら同意もいたそう」

この勇の言い方に永倉はむっとなった。

「何？　家臣？　いままでも同盟こそすれ家臣として働いてきた覚えはないし、これからもそうするつもりはない」

「では勝手に会津に行きたまえ。どうやら別れる時が来たようだな」

「こちらこそ願ったりかなったりだ。別々に幕府のために戦っても悪くないだろう。あんたには長く世話になった。さらば」

永倉、原田は憤然として勇のもとから去った。この後、歳三が医学所にやってきた時、勇はひどく不機嫌であった。

「どうした、肩の傷が痛むのか？」

「永倉、原田達と喧嘩別れしたよ」

勇は歳三に喧嘩別れのいきさつを語った。

「そうか。だがそう気落ちすることもないだろう。俺達は俺達で戦えばいい。俺は幕府陸海軍が本気で戦うと聞いてまたやる気が出てきた」

「そうか、お前はいいよな」

「何？」

「お前は根っからの戦《いくさ》好きだ。ドンパチやるのも好きだろう。俺は鉄砲玉を相手に戦《いくさ》をする気にはならない。確かに、お前が鳥羽伏見の戦《いくさ》から戻ってきて言ったようにこれからの戦《いくさ》は剣では駄目だ。俺も勝沼で敵と対峙した時それを悟ったよ。だが俺の理想は一剣をもって国のために尽くすことだった。身を退く時がきたような気がする」

「いやまだ頑張って戦おう。それに銃や大砲が主とはいえ、まだ斬り込み隊も必要だ。しっかりしてくれなければ困る」

「…………」

「幕府はまだまだ俺達の力を必要としている。俺は幕府の命運が尽きるまで戦うよ」

「そうだな。わかった」

「やることはたくさんある。急いで出発の準備をしよう」

「歳、ひとつ頼まれてくれないか？」

「何ですか？」

「総司の所に見舞いに行ってやってくれ」

「わかりました。先生はどうなされますか？」

「俺は止めとく。痩せた総司の顔は見るに忍びない」

総司は今戸八幡の松本良順宅から千駄ヶ谷にある植木屋の家の離れに移って静養していた。庭にこぶしの花が咲いている。見舞いに来た歳三を総司はにこりとして迎えた。

「元気そうだな」

「土方さんこそ。ところで甲陽鎮武隊はどうなりましたか？」

「負けたよ」

「またですか？　いつも張り切って出陣するのに残念だなあ。ところで近藤先生はお元気ですか？」

「ああ、これから一緒に会津へ行って戦う。将軍や勝海舟らが恭順を決め込んでいるから江戸では戦《いくさ》はできない。だが今度こそは幕府の陸海軍が背水の陣をしいて戦うから大丈夫だろう」

「新選組のみんなは元気にしていますか？」

「ああ、だが永倉と原田は自分達で新しく隊を作りたいと言って俺達とは別れたよ」

「あ、そうですか。みんなばらばらになってしまって。近頃、時々夢を見るのですよ」

「夢？」

「それが不思議といつも江戸の試衛館なのですよ。近藤先生、井上さん、原田さん、永倉さんもちろん土方さんも、いつも皆でわいわいがやがや剣の稽古をしたり碁を打ったり、昔の懐かしい光景ばかりなのです。あの時は良かったなあ。今から思えば京都での仕事は辛かった。浪士相手に斬り合いするのは身体に良くなかったような気がする」

「…………」

「だがもうすべて過ぎ去ったことは夢のようだ。土方さんは長生きしてください。私はもう終わりだ」

「滅相もないことは言わないでくれ」

総司の世話をしている老婆が茶を運んできた。会話は一瞬途切れた。歳三は茶には口を付けなかった。

「ところで外に出ることはあるのか？」

「ありますよ。散歩にね。ただ」

「ただ、なんだ？」

「つい青梅街道の方に足が向かうので参ります。何故だかわかりますか？」

「女に会いにいくのか？」

「まさか、土方さんじゃあるまいし、試衛館の方角ですよ」

「確かにここは試衛館から意外と近いな。来てみてわかった」

「私は生まれながらの剣士らしい。剣が遣えないのが一番つらい」

「官軍が来てもここなら大丈夫だろう。もうそろそろ江戸にも官軍がやってくるらしい。それまでに俺や近藤先生は会津に出立しなければならない。新選組というだけで捕まって何をされるかわかったものではないからな」

「何とも不思議な世の中になりましたね。ついこの間までは新選組が長州浪士を追いかけていたのに、今度はこちらが逃げ隠れしなければならないとは」

「でも俺はこういう時代に生まれ合わせて幸せに思っているよ」

「これからはどういう世の中になるのでしょうか？」

「それは俺にもわからん」

「戦《いくさ》が終わるまで近藤先生や土方さんには会えそうもないですね」

「今度こそ勝ってみせるさ。お前も頑張れ。近藤先生も心配しておられたぞ」

「…………」

「さて長居は無用。私は行くよ」

歳三は腰を上げた。総司も立ち上がって外に出ようとしたが、歳三は身振りで制した。

「見送らんでいい」

「近藤先生によろしく言ってください」

歳三が最後に見た総司の顔はまるで透き通るように白かった。京に居た頃の精悍な感じは消えて柔和で穏やかな青年の顔がそこにはあった。

〈これが今生の別れになるかもしれない〉

障子を閉めて立ち去る歳三は心の中で呟いた。


三月十三日から四月一日にかけて武州足立郡五兵衛新田《ごへえしんでん》に集結、増員して再起をはかった新選組二百二十七名は二日、流山に転陣して本陣を長岡屋に置いた。

一方、香川敬三を大軍監とする東山道軍（斥候隊）は四月一日板橋宿から千住宿へ移動し、二日さらに粕壁《かすかべ》に進んだ。ここで香川はある報告を受けた。

【流山に賊徒あり】

このため香川軍斥候の有馬藤太《ありまとうた》は三日早朝、三百の兵を率いて流山村に入った。この時、新選組では隊士のほとんどが野外演習の最中で、本陣には近藤、土方以下数名が残っているのみであった。香川隊はあっという間に本陣を取り囲むと、威嚇射撃をした。この段になってようやく近藤、土方は外の異変に気づいた。隊士が二人の所にやって来た。

「東山道軍の有馬藤太と西村捨三と名乗る者が責任者への面会を申し入れております」

「歳、大変だ。官軍に囲まれてしまった」

「俺が出てみよう」

「新選組だとは言うなよ」

「わかってる」

歳三は有馬と西村の前に姿を現した。

「内藤隼人《はやと》と申します」

歳三は変名を用いた。

「何故このように兵を屯集させているのか、その理由をうかがいたい」

有馬が訊問しはじめた。

「江戸からの脱走兵がいることや農民一揆の兆しがあるため鎮圧に出向きました」

「それは官軍のすることで君らには関係ないはずだ。ところで君が責任者かね？」

「いいえ」

歳三が答えたところで近藤勇が姿を現した。

「大久保大和《やまと》と申す。私が責任者です」

「今、この者にも言ったが鎮圧は官軍のすることで勝手に兵を出してもらっては困る。すぐに武器を引き渡して兵を解散しなさい。命令に背けば誅罰を加える」

「わかりました。命令に従います」

勇は配下の者に命じて武器をまとめさせ、官軍に引き渡した。これで新選組は完全に丸裸にされたがそれだけでは済まなかった。

「督府に出頭して始末を言い述べて詫びなさい」

有馬は付け加えた。

「わかりました。ただし支度のため少しの猶予を頂きたい」

勇は歳三とともに二階に上がった。二人の顔は青ざめていた。

「どうされますか、先生？」

「歳、俺は腹を切るよ」

「腹を切る？」

「もう囲まれてしまった。新選組もこれで終わりだ」

「待ってくれ、今死ぬのは犬死にだ。俺は活路を開いて戦いたい。そう死に急ぐこともなかろう」

「では聞こう、歳。もう慶喜公は官軍に対して恭順しておられる。何故抵抗する必要があるのか？　一体、何のために戦い続けるのか？」

勇の表情は真剣そのものだった。歳三はこのような勇の顔を見たことはないと思った。

「…………」

歳三の表情もこわばっていた。しばし沈黙の時が流れた。

「では運を天に任せて出頭して無事に隊を解散してくれ。腹を斬るか否かの話はそれからでもよかろう」

歳三はようやく答えた。

「…………」

再び沈黙の時が流れた。今度は勇が黙る番であった。

「戦いたいのは何故か自分でもよくわからないが、俺はこう思う。慶喜公が政権から退けられて恭順されているのは、薩長の謀略によるもので慶喜公は不本意ながらそうしているだけだ。江戸に引き揚げてすぐに上野に謹慎される慶喜公を覚えているだろう」

「あの時の憔悴しきった慶喜公の顔を見て涙が出そうになった」

「徳川幕府は明らかに旗色が悪いが、薩長の謀略をこのまま見過ごすことは俺は悪いことだと思う。納得がいかないことにすぐ同意してはいけないということだ」

「たとえ負けても戦うのか？」

勇が聞き返すと歳三は頷いた。

「歳、お前の気持ちはよくわかった。さしあたって俺は出頭するよ。その後のことは今はあえて考えまい」

歳三は胸を撫でおろした。

「上洛してからお前は随分と変わったな。新選組は肝心のところでお前が作っていた。俺もお前の言うとおりにしてきたし、今も何故かお前の言うとおりにしてしまう」

勇は淋しそうにふっと笑った。

「いや、近藤先生あっての新選組だ。俺だけを残さないでくれ」

「わかったよ」

夕刻になって有馬藤太が兵五名を連れて近藤勇を迎えにきた。

「いやあ、お待たせしました」

勇は馬に跨り隊士の野村利三郎、村上三郎と共に有馬らに越谷《こしがや》へ連行された。歳三の目にその後ろ姿がやけに淋しそうに映った。この後まもなく隊士の村上三郎が一人で戻って来た。

「大変です。近藤先生が本営の板橋に送られることになりました。どうやら先生の正体が露見したようです」

「本当か？　それはまずいな」

〈こうしてはいられない〉

歳三は勇を救出するためにすぐに江戸へ戻った。

四日勇が駕籠に揺られて板橋の本営に向かっている頃、歳三は赤坂で勝海舟に面会していた。

「そうか。近藤殿が板橋に連行されましたか」

「すぐに釈放してもらうように働きかけて欲しいのですが」

「なるほど。わかりました。では一筆書いてさしあげよう」

勝は助命歎願の書状を認めると歳三に手渡した。

「これを板橋の本営に届けてください。私のできることはこれだけです」

「有り難うございました。助かります」

翌日、歳三は書状を部下の相馬主計《かずえ》に託して板橋にある本営に向かわせた。それから五日間、歳三は毎日祈るような気持ちで相馬からの連絡を待ったが何の音沙汰もない。

「どうやら簡単に帰してもらえそうにないな。だがもうこれ以上は待てない」

十一日江戸城が無血開城されたその日、歳三はやはり江戸に潜行していた隊士の島田魁《かい》らと共に下総鴻之台《しもうさこうのだい》に向かった。鴻之台には旧幕軍が多数集結しており、流山での再起に失敗した歳三らはそこに身を投じるしかなかったのである。

## 傷心の日々

歳三らを待ち受けていたのは旧幕府歩兵奉行大鳥圭介であった。

「やあ、土方殿、お待ちしていました」

額がややはげあがり口髭をたくわえた、三十七歳の内気そうな武官は親しげに声をかけた。

「随分大勢集まっておりますな」

「私は自分が手塩にかけて訓練した伝習隊を率いてきました」

「いわゆるふらんす式調練ですか？」

「そうです。幕府がフランス本国のナポレオン3世に頼んで派遣してもらった軍事顧問団の指導を受けています。御存知のように鳥羽伏見の戦いでも活躍しました。今度こそは、本物の勝利を得たいと思います」
「何名位集まっておりますか？」
「二千六百名です」
直ちに市川鴻之台《こうのだい》で軍議が開かれ編成が定められた。
総司令官　大鳥圭介
前　軍　司令官　秋月登之助《あきづきのぼりのすけ》　参謀　土方歳三
伝習第一隊、砲兵隊、桑名藩兵、新選組、別伝習隊、土工兵
中　軍　司令官　大鳥圭介
伝習第二大隊
後　軍　司令官　大鳥圭介
第七連隊、別伝習隊、土工兵

十二日午後、土方歳三は前軍一千余名を率いて宇都宮を目指して出立した。この頃、宇都宮城は香川、有馬の率いる官軍に宇都宮藩兵合わせて六百名により守備されていた。十九日、先鋒の新選組と桑名藩兵は簗瀬《やなせ》村と平松村の官軍陣地へ進攻。

「進め、進め」

歳三は大声で叱咤激励《しったげきれい》していたが、ふと一人の兵が戦列を離れて逃げようとしているのに気づいた。

「おい、戻らんか」

歳三は声をかけたがその兵は戻る気配なくどんどん逃げていく。歳三はかっとなって逃げる兵を追いかけてその背に斬りつけた。一撃で兵士は倒れて動かなくなった。

「逃げる者は誰でもこうだ。進め、進め」

歳三は再び大声をあげて進撃した。秋月の隊は北方の明神山《みょうじんやま》から城を攻撃していた。午後、旧幕軍の激しい攻撃に堪えかねた官軍は城を捨てて退却しはじめた。さらに夕刻、宇都宮藩の家老県《あがた》勇記は退却する時に二の丸御殿に火を放ったため城が燃えていた。宇都宮の町も燃えていた。

二十日、旧幕軍は入城。小山で戦っていた大鳥率いる中、後軍もかけつけて燃える城門を消火しながら入城した。勝利の祝宴が張られた。

先鋒を指揮した歳三は面目躍如たるものがあった。

「新選組はさすがですな」

大鳥はまぶしそうに歳三を眺めた。

「白兵戦は我が隊にお任せください」

兵士達は危なかった場面や進攻の状況を口々に語り合った。桑名藩士石井勇次郎はこの日の戦いをこう書き残している。

【この役彼我刃を抜いて相打ち、鎗を提て奔馳し実に聞く所の古戦の如し】

「ところでその後の近藤先生の消息はわかりましたか？」

「いいえ、残念ながら何の音沙汰もないのです。板橋の総督府に長州者がいなければよいのですが」

「薩摩と長州では大分違いますか？」

「ええ、長州は新選組に対して池田屋騒動の時からの積年の恨みがありますから」

歳三が大鳥と勝利を喜びを分かち合ったのも束の間、二十三日五つ半、官軍は宇都宮城めがけて総攻撃をかけてきた。敵の主力は城の南方と西方から押し寄せてきた。歳三はこの日の朝から、新選組と桑名藩兵を率いて明神山に詰めていた。ここにはまだ官軍の攻撃はなかったが栃木街道六道口での戦闘を皮切りに宇都宮城奪回のため官軍の救援部隊は城の空堀に迫りつつあった。

「敵は大分、城に接近してきたようだ」

歳三が双眼鏡から目を離して傍らの島田魁に語りかけた時、大鳥から歳三に伝令が来た。

【城内へ救援を頼む】

歳三は桑名藩兵を引き連れて宇都宮城に急行した。大勢の兵士が城の土塁に依って銃撃していた。二の丸で指揮していた大鳥は歳三の顔を見るなり走って来た。

「このとおり苦戦している。敵は救援部隊が到着したようでなかなか手ごわい。城の東南部が危ない。そこを守備してくれないか」

「わかりました」

城の東南部は堤が低く竹林が繁茂していて守りにくい場所であった。歳三はそこから運び込まれる多数の死傷者に驚いたが、命令を拒むわけにもいかない。桑名藩兵を率いて守備に就いた。歳三は竹林の中で銃撃を指揮していたが、時々弾丸が竹に命中すると竹はパーンと乾いた音をたてて割れて倒れる。弾丸は竹のみならず、いやおうなしに兵士達にも襲いかかった。

〈死ぬかもしれない〉

歳三は今までの戦《いくさ》以上に身の危険を感じた。さらに城外から大砲の砲弾も落下してきた。

〈攻めるに易く守るに難しか〉

歳三は数日前には自分が攻める側であったことを思い出した。

〈せめて石垣があったらなあ。遮蔽物もないところでは作戦もなにもあったものではない。弾に当たるのを待っているようなものだ。大鳥は俺を殺すつもりか？〉

歳三は進撃することも撤退することもできず、桑名藩兵の間を走り回っていたが刹那、銃弾が足元に飛びきたって足指に当たった。

「やられた」

歳三の身体は弾かれたように後ろに投げ出された。近くにいた若い兵士が驚いて駆け寄って来た。

「土方殿、大丈夫ですか？」

「弾が足元に当たった」

「そのままでお待ちください。すぐに人を呼んできますから」

足先から出血しているようだった。じんじん痛む足を抱えて蹲《うずくま》っていると、ほどなくして数人の兵士が戸板を運んできて歳三を乗せた。城内の一角の多数の負傷兵が寝ている所に歳三も運び込まれた。

軍医がやって来て歳三の靴を脱がせた。右足の指先は出血のため真っ赤に染まっていた。医者はすぐに靴下を挟《はさ》みで切って捨てると傷の消毒を始めた。

「ちょっと痛いですよ」

「うっ」

歳三は一瞬、頭まで突き抜けるような痛みに襲われた。続いて傷が縫合されて止血の処置がなされた。

時々痛みで息が止まりそうになったがじっと耐えていた。

「終わりましたよ。さすがに京洛を剣で制した方は我慢強いですな」

軍医はこの参謀の経歴を知っているようだった。

「…………」

〈いや、案外痛いものだ〉

治療が終わって休んでいると大鳥圭介がやってきた。

「土方殿、お加減はいかがですか？」

「おかげで大分落ち着きました。危ういところを助かりました」

「土方殿がせっかく苦労して取った城です。私はもうひと頑張りします」

「頼みます」

「ところで負傷兵がここに残っていても足手まといになるだけです。すぐに今市宿《いまいちじゅく》に移っていただきます」

足が不自由になった歳三は駕籠に揺られて今市宿に向かった。後方でいまだに城攻めの砲声が雷のように鳴っている。足の傷が痛んだ。ほとんど怪我らしい怪我をしたことのない歳三には痛みが身にこたえた。

〈足先だけの傷でもこんなに痛いものか。この気持ちは後方で命令だけしている大鳥にはわからないだろうな〉

歳三は四日前、自分が手討ちにした兵卒のことを思い出した。

〈俺も今までは大鳥と変わりなかったな。上に立つ者は兵隊の痛みもわからないと駄目だ。それにしてもあの兵卒はかわいそうなことをしたものだ。ひどいことをしてしまった〉

歳三は悔恨の情にかられた。ひどく情けない気持ちになってきた。

翌朝、歳三は同郷の友、土方勇太郎をわざわざ日光から呼び寄せた。勇太郎は、歳三とは天然理心流に同期入門の剣友である。八王子千人同心に入隊後、日光東照宮に詰めていた。勇太郎には、足に包帯を巻いた歳三は着物姿でくつろいでいるという風に見えた。

「やあ」

歳三は勇太郎ににっこりと微笑みかけた。

「どうしましたか、土方君？」

「わざわざ遠くからすまない」

「宇都宮の戦いは残念でしたね。城は昨夜、官軍に奪回されたとか。大分危ない目に遭われたのではありませんか？」

「昨日の戦いは激しかったよ。砲弾が雨あられと降って今でも足がついているのが不思議な位だ」

「何か御用でしょうか？」

「実は城攻めの時、逃げる兵卒を見つけてこれを手討ちにした。私も必死になっている時でついかっとなってしまった。だが今考えてみると全くかわいそうなことをしたと思う」

「………」

「これで日光に墓でも建ててやってくれないか？」

歳三は金子の入った包みを差し出した。

「ああ、そういうことですか」

「それと家族に懇ろに弔うようにと伝えてほしい」

「わかりました」

勇太郎は包みを受け取った。歳三の目に涙があふれた。勇太郎は悔恨の情にくれる友人の心中に気づいてはっとなった。勇太郎がこの友人の涙を見たのは初めてであった。勇太郎はすぐに日光に戻って命令を実行した。家族は丁重な香典に謝意を表して懇ろに故人を弔ったと伝わる。

四月二十五日、歳三が中島登、島田魁《かい》、沢忠助らを護衛として会津へ向かっている頃、近藤勇に最後の時が訪れようとしていた。四月八日に審問を受けた勇は当初、薩摩藩の温情派により一旦は京都へ護送と決まったが土佐藩の主張により斬首と決まった。土佐藩の谷干城《たてき》が坂本龍馬は新選組によって暗殺されたと信じていたからである。処刑は板橋、中山道沿いの馬捨場で行われた。従容とした最後であったと伝わる。享年三十五歳。

前日、今市宿を発った歳三ら一行はこの日、近藤勇の処刑については何一つ知らされないまま、藤原、五十里《いかり》、山王峠《さんのう》を進んでいた。歳三は足の傷がもとで熱が出ていた。ひどく寒気がして頭痛がした。駕籠の中でうとうとしているといつのまにか夢を見ていた。流山で勇が投降しようとしている。

「行かないでくれ」

その背中に向かって懇願している歳三。だがいくら叫んでも勇は振り向かない。勇は馬に乗って従者と共に夕陽の中に消えて行く。最後は子供のように泣きながら懇願していた。歳三がはっと我に返ると駕籠かきが歳三の顔を覗き込んでいた。

「うなされていたようですが大丈夫でしょうか？」

「悪い夢を見ていた。心配は無用だ」

汗をびっしょりかいていた。

〈嫌な夢だった。何故、近藤先生は何も言わずに行ってしまわれたのだろう〉

身体は熱でけだるく、思考力も失われていた。

〈こんな夢を見るのもきっと病気のせいだ。早く怪我を治さなければ〉

歳三は駕籠の外を覗いた。一行は山間の小さな集落に着いていた。外の長閑《のどか》な光景に一瞬我を忘れた。

戦《いくさ》のことが嘘のように思えた。思い返してみれば今年に入ってからずっと戦いに次ぐ戦いであった。さらに宇都宮の大戦争は歳三に激しい心身の消耗を強いていた。

〈少し休まなければ〉

歳三はまた、目を閉じた。二十九日会津若松城下に着いた歳三らは七日町の清水屋に入った。

閏四月新選組は斎藤一を隊長として白河へ出陣していった。その後ろ姿を見送った後、歳三は清水屋の天井の梁を眺めて過ごす日々を余儀なくされた。足指の傷が化膿していたため熱が出ていた。会津藩主松平容保が差し向けてくれた医者が回診に来て傷を洗っていく。歳三は痛みのため、顔をしかめることも度々であった。

「初めて深く傷ついた者の気持ちを思い知らされたよ」

それまでかすり傷しか経験のなかった歳三は側近の沢忠助にこう洩らした。

八日京都の三条河原で近藤勇は梟首《きょうしゅ》となる。歳三はこの事をいつも回診に来る医者から告げられた。

「土方殿。足の具合はいかがですか?」

回診はいつもどおりの会話で始まった。

「熱がなかなか下がらないので寝ていなければならないことが一番苦痛です」

歳三の顔は発熱のため上気していた。

「少しの間辛抱していてください。歩けないのは辛いでしょうが。ところで今日は容保公から伝言を頼まれました」

〈何の用だろう？　隊のことか？〉

「大事な用件ですが、土方殿の容体を考えると私が伝えるのが一番良いのではないかと言われました。ほかでもない近藤殿のことですが」

「何かわかりましたか？」

「実は最近、江戸から戻った会津藩士からの報によると、近藤殿は四月二十五日板橋で斬首されたそうです。さらには首は京に送られて梟首《きょうしゅ》される模様だとか」

「斬首!!」

「近藤殿も会津藩と共に朝廷や幕府のために戦ってきたのが恨みをかったのでしょう」

「そんな……」

歳三は絶句した。

「総督府は我が藩を征討しようとしており、それに対し武備を固めている最中です。土方殿も一刻も早く怪我を治されて、会津藩のために働いてほしいと容保公は申されておりました」

「そうですか。わかりました」

医者が清水屋を出て行くと、入れ違いに側近の沢忠助が歳三のところに見舞いに来た。

「お加減は如何ですか？」

忠助はすぐに歳三の顔色のよくないのを見てとった。

「何のお話でしたか？」

歳三は身体を起こした。

「悪い知らせだ。近藤先生が斬首された」

「え、なんですって？」

「畜生！　誰の仕業だったんだ、長州か、薩摩か？」

「土佐というのもありますよ。新選組に敵は多いですから」

「ううっ」

歳三は抑えていた激情が一気にこみ上げてきて嗚咽《おえつ》をこらえられなかった。

「こんなことになるとは。しかも梟首とは」

嗚咽はいつのまにか号泣にかわった。枕に顔を埋めた歳三の肩が激しく震えていた。忠助は鬼のように恐れられていた歳三が、男泣きに泣くのを呆然として見ていた。何の慰めの言葉も思いつかなかった。

しばらくして歳三の声がやや小さくなった。

「そんなにお泣きなさるな。お身体にさわります。少しお休みになられてはいかがでしょう」

忠助も涙声になって言った。

「すまん。取り乱してしまった。このことは他の者には口外しないでくれ。士気に影響してはいけないから」

忠助は頷いた。

話は前後するが三月、新政府から遣わされた奥羽鎮武使が仙台入りした。鎮武使は参謀に会津処分に苛酷な強硬派である世良《せら》修蔵が就任していたため、仙台藩に会津藩征討の出兵を催促した。しかし会津藩に同情的な仙台藩と米沢藩は会津謝罪の周旋を始めた。すなわち鎮武使には会津藩に対して寛典な処置をとるように歎願し、会津藩には謝罪を説得するというものであった。これに対して世良は会津藩謝罪に苛酷な条件をつけ、一方会津藩も武備恭順の姿勢を崩さなかったため、止戦のための周旋はもはや東北諸藩によって行われようとしていた。

閏四月二十日、世良修蔵がその過激さを憎んだ仙台藩士によって暗殺された。この事件は東北諸藩の行動に影響を及ぼしたが東北諸藩統一の努力は引き続き行われ、五月三日の奥羽列藩同盟結成でその成果をあげた。この盟約書では総督府のもとに同盟が結成されることと、薩長兵との問題を総督府に報告するというもので同盟と総督府のつながりが示されている。同盟に参加したのは以下の諸藩である。仙台、米沢、盛岡、秋田、弘前、二本松、福島、山形、岩手、松前、長岡、新潟。

五月一日官軍が白河に襲来し白河城を奪回した。二日、長岡藩家老の河合継之助《かわいつぎのすけ》と総督府の軍監岩村精一郎の会談が決裂して長岡戦争が始まった。東北でも戦争の暗雲が色濃くなり始めた。

この頃、官軍に捕らわれる危険をおかして会津入りした人物がいる。松本良順である。松本は清水屋で療養していた歳三を訪ねてきた。

「土方君、元気かね」

「良順先生」

歳三は懐かしい顔を見てつい顔をほころばせた。

「よく御無事でしたね」

「まあどうやらこうやらね。怪我の具合はどうだね？」

「宇都宮の激戦で死に損ないました。弾の当たりどころが良くてこのとおり生きている」

「まるで虎が猫になったようだな。あはは」

松本は長い顎髭を撫でながら言った。

「ところで」

松本は急に声を低めて言った。

「近藤先生は全く気の毒なことになりました。土方君がどんなに気を落とされているか御察し申しあげます」

「いっそのこと私も宇都宮で撃たれて死んでしまえばよかった」

「そんな投げやりにならず近藤先生の分まで幕府のために戦ってほしい」

「ところで沖田の方の具合はどうでしたか?」

「ああ、あの若者ですか? かわいそうだが今年の夏は越せまい」

「やはりそうですか。私も最後に会った時、もう長くはないと思いました」

「どうだろう。同じところに居るのも気が滅入るだけだ。時々温泉にでも入りにいかないか? 足の傷のためにもいいだろう」

「ええ、ちょっと診ていただけますか?」

歳三は足の包帯をはずしはじめた。

五月十五日、上野で彰義隊と官軍との間で戦《いくさ》が始まり、彰義隊は壊滅した。この戦いで新選組の十番隊長原田左之助が銃創を受けて死亡。二十六日白河にて新選組は敗退。

三十日、千駄ヶ谷で療養していた沖田総司が病没。総司は戦列を離れ、同志に見舞われることもなく一人淋しく逝った。

歳三は足指の傷が癒えて歩けるようになってしまうと思っていたことがあった。それは近藤勇の墓を建立することである。墓は会津の愛宕山《あたごやま》の中腹にある天寧寺《てんねいじ》に建てられた。墓石には寺の住職より授かった戒名、寛天院殿純忠誠義大居士が彫られていた。一時は京洛を剣で制したほどの男にしては余りにもあっけない死であった。

歳三は建立してから時々墓に詣でた。真夏のある日、歳三は愛宕山の坂道を一人で登っていた。歩けるようになったが踏みしめる足先に小石が当たって時々、鈍い痛みを感じる。登る途中で、歳三は息が切れてきた。山道で一休みしていると傍らで鐘状の青い色の花が咲いているのが目に留まった。野山に自生する桔梗《ききょう》である。

〈綺麗な花だなあ〉

歳三は近づいてうっとりと眺めていたがそのうち数本を手で摘んだ。そして花束を大事そうに抱えると再び急な坂道を登り始めた。天寧寺に着いた時にはすっかり汗だくになっていた。墓石に水をかけて、摘んできた花を墓前に供えて手を合わせた。他に墓参に訪れる人の姿はなく歳三の耳に聞こえるのは蟬時雨《せみしぐれ》のみである。

「一番隊長沖田、二番永倉、三番斎藤、四番松原、五番武田、六番井上、七番谷、八番藤堂、九番鈴木、十番原田」

歳三の口をついて出てきたのはかつての新選組の編成であった。

〈沖田はもう駄目か？　九、十番はわからないが生き残っているのは永倉と斎藤とそれにこの俺だけだ。何ということだ〉

歳三の頬に一筋の涙が流れた。沖田総司の言葉を思い出した。

「土方さんは長生きしてください」

ふふ、歳三の顔に薄笑いの表情が浮かんだ。

〈俺だけ生き残ってどうする？　俺もまもなく近藤先生やお前のところに行くよ。だがもう少し幕府のために戦ってからだ〉

歳三はすぐに立ち去る気にもなれず、そのまま墓石の前でたたずんでいた。そうすることで故人の霊を慰めるのみならず、歳三自身の悲憤も癒されるような気がした。頬を伝った涙が乾く頃、歳三は墓石を後にした。勇の墓からは鶴が城の天守閣が望まれた。歳三が建立の際、故人のためにした配慮であった。

〈ここからは鶴が城の天守閣がよく見える。今となってはこの位のことしかしてあげられないが、それでも近藤先生は喜んでおられるに違いない〉

歳三は口元に満足げな笑みを湛えて山を降り始めた。

## 再起

歳三が本格的に戦列に戻ったのは八月になってからであった。七月末に二本松が落城した。官軍が会津に進攻するのも時間の問題であった。八月十九日新選組は大鳥圭介率いる伝習隊に加わって母成峠《ぼなり》に入った。母成峠は二本松と会津を結ぶ間道に当たっており、官軍は主力部隊をここに投入していた。八月二十日夕刻、新選組約七十名は母成峠の勝岩《かついわ》の下段に布陣した。勝岩は石莚川《いしむしろ》の源流が造った渓谷の西側の絶壁で、大鳥圭介はこの上に三段の堡塁を築いた。勝岩は山入村《やまいりむら》から母成峠に達する山入村道が石莚川を越える渡河《とか》地点を見下ろしており、旧幕軍はここで官軍の進行を阻止する予定であった。

二十一日午前九時、交戦の合図の一発の号砲が母成峠の頂上で鳴り響いた。新選組の猛者《もさ》達の顔に緊張が走った。男達の銃口は石莚川に向けられていた。

「一兵たりとも河を渡らせるな。だが撃つのは合図してからだ」

歳三は兵士に大声で命令した。ほどなく土佐の先頭部隊が谷間に姿を現した。

「撃て」

歳三の命令とほとんど同時に小銃が一斉に火を噴いた。何人か倒れたようだった。これに驚いて敵は前進を止めた。さらに長州陣地から大砲の砲撃があったがこれも勝岩までは届かない。

「何だ、あのざまは」

勝岩の上の兵士達は面白がって見ていた。

「ここの様子はどうですか？」

歳三が声のする方を振り向くと大鳥圭介が立っていた。

「この通りうまくいっています。少なくともここは我々に有利です」

「そのようですな。しかし土方殿。ここで新選組だけが孤立しているのはどうかと思う。ここにも他の伝習隊の者を差し向けましょう」

「いや私はこのままで結構だ」

「何故ですか？」

大鳥はちょっとむっとした顔になった。

「ここで急に他の部隊の者が混じっても私はやりにくい」

「そうですか。土方殿がそう言われるならあえて私は何も言いません。他の陣地の見回りをしてきます」

大鳥は気を取り直してこう言うと、歳三のそばを離れた。

「やけに静かになったな」

敵兵が見えないのにしびれをきらして、歳三はそばにいた山口二郎に言った。

(かつての三番隊長斎藤一はこの頃、山口二郎を名のっていた)

「まさかこれで終わりというわけではないでしょうね」

南方では砲撃が激しくなっていた。

「油断大敵だ。あの音が聞こえるだろう。そのうちここにも大砲の弾が飛んでくるかもしれないぞ」

「脅かさないでくださいよ。いくらなんでも大砲の弾には勝てないですよ」

歳三が山口とやりとりしている間に霧が発生して峠を覆った。

「これはまずいな。敵の様子がわからなくなる」

歳三はつぶやいた。南の陣地で大きな爆発音が聞こえた。兵士の間でどよめきが起きた。

「あれは何だ？　やられたのは味方か、敵か？」

火災が起きているようだった。きな臭い匂いが漂ってきた。その時である。背後から、

「わああ」

という声と共に多数の敵兵が姿を現した。岩の上で斬り合いになった。歳三にも指揮官と気づいた敵兵が数名斬りかかってきた。歳三も反射的に刀を抜いて二、三人の敵に斬りつけた。そばにいた山口が

叫んでいた。

「土方先生、ここは私にお任せください。おい、土方先生をお守りしろ」

あっという間に歳三の周りに護衛の兵が集まった。斬り合いに慣れた新選組は敵兵を圧倒しているかに見えた。しかし歳三の目は背後の敵の姿を捉えていた。後続の兵の数は多いようだった。

〈だめだ、敵の数が多すぎる。このままでは新選組は壊滅する〉

「斎藤君、引き揚げよう」

歳三はとっさに昔の名前を呼んでいた。山口は怪訝な顔をしたが歳三はかまわずに大声で怒鳴るように命令した。

「退け、退け。俺の後に続け」

この頃、勝岩を守っていた幕兵も総崩れになった。新選組も散り散《ち ぢ》りになって峠の頂上まで撤退した。そこで胸壁に依って敵兵を待ち受けたが銃撃戦になってもちこたえられなくなった。ついに大鳥から峠からの撤退命令が出た。男達は猪苗代めざして帰路を急いだ。途中雨が降ってきて男達の身体はずぶ濡れになった。その夜、猪苗代にある亀が城にようやくたどり着いた時、男達はすっかり濡れ鼠になっていた。

「土方先生、勝岩では引き揚げが早かったですね」

山口が言った。

「あれ以上頑張っても兵の損失を招くばかりだ。鳥羽、伏見の二の舞はしたくない」

「まさか背後に廻られるとは思いませんでしたよ」

「霧に災いされたようだ。敵の方が上手だったな」

「新選組で戻ってこない者も何人かいます」

「やられたか」

「ええ、恐らく。これからはどうするのですか？」

「明日、会津城下に戻ってこれからの戦いに備える」

「敵の方が数の上では勝っているように思いますが」

「そうだ。敵は予想したより大勢だったな。大体、八百の兵で広い母成峠を守れというのは無理だ。だがいまさら言ってみても仕方あるまい」

歳三は吐き捨てるように言った。

八月二十二日、新選組は十六橋を渡って湯本村の天寧寺に戻ってきた。その後まもなく官軍は十六橋を占拠した。官軍が会津城下に進攻するのも時間の問題となった。その夜、新選組四十名余りは、城下一ノ丁にある斎藤屋に泊まった。歳三は山口に向かって言った。

「明日、官軍は会津城下に進攻してくるが私は庄内藩に援軍を求めに行く」

「私は会津にいて戦います」

「我々がどう動くかは戦況次第だ」

「場合によっては土方先生はもう会津を見捨てるのですか？」

「あるいはそういうことかも知れない」

歳三は言葉を濁した。

「私は残って会津公のために戦いたい。それが新選組の誠のような気がします」

山口はきっぱりと言った。

「そうか、身体に気をつけてくれ」

歳三の口から出たのは紋切り型の言葉だった。歳三は出陣していつどうなるとも知れない相手に、このような言葉しかかけられないかと思うともどかしい感じがした。

〈お前だけは生き残ってくれ〉

と言いたい気もしたが、言えなかった。山口がすでに会津公のために命を捨てる覚悟でいることを察したからである。会津城下の斎藤屋にて新選組のかつての副長と三番隊長は最後の夜を過ごした。

八月二十三日、白虎隊および会津藩兵は十六橋を隔てて土佐藩兵と戦うが、官軍の勢いを止めることは出来ず、戸の口原に敗走した。

歳三はこの日、前軍司令官の秋月登之介《あきづきのぼりのすけ》と共に滝沢峠に出陣。十六橋が破られると、滝沢峠にも官軍が殺到。衆寡敵せず滝沢本陣に向かう。

この頃、滝沢本陣に出陣した容保公と弟の定敬《さだあき》は馬に乗って滝沢峠に向かうが、官軍の砲撃が近くに迫って坂道を引き返す。

蚕養口《こがいぐち》で馬上の兄弟はなかなか別れられない。容保は定敬に云う。

「私はもはや、籠城する。お前は一旦、この地を去れ」

「そんな。共に戦うつもりでした」

「これからは、米沢藩に入って援軍を要請してくれ。米沢藩上杉家の奥方、幸姫は我々の血縁である」

「わかりました」

「心強い。頼んだぞ」

容保は馬首を西に向けると、家臣と共に甲賀口に向かい、その後は城中に戻った。

一方、定敬は、九十六名の桑名藩士と共に米沢街道を北に進んだ。

「滝沢本陣の容保公は籠城の指示を出したが、土方殿はどうなされる」

秋月は問う。

「桑名公が米沢に援軍を求めて動くので私はその先の仙台に向かいます。そこで戦います」

「土方君、さらば。また戦場で共に戦おう」

「秋月さんも達者でいて下さい」

歳三は新選組本隊と共に、米沢街道を進む桑名公とその家来の桑名藩士たちと同じ道を歩き始めた。山口率いる新選組二十数名は会津に残った。

たたきつけるような大雨が容保、定敬そして土方の顔に降りかかった。会津の空には暗雲が垂れこめ、会津藩の今後の運命を暗示していた。四つ時、官軍はついに城下へ進攻した。各所で悲劇が始まろうとしていた。会津城下で山口ら新選組が見たのは人々の混乱であった。傷ついた兵士達の群れ、入城しようとする人々、会津から避難する人々で城下はごった返していた。山口らは入城しようとしたがすでに城は門扉《もんぴ》を固く閉ざしており、城の周りは入城に遅れた人々で混乱している。

「これではとても城に近づくこともできない。仕方ない。引き揚げよう」

山口は決断した。会津の町は放火され燃えている。敵兵はいとも簡単に会津人を殺戮していた。一方で一部の会津人は敵兵に辱めを受ける前に自刃《じじん》して果てた。家老西郷頼母《たのも》の一族や白虎隊の自刃もこの日の出来事である。新選組はこれらの惨状を後にして会津を去り、塩川村に転陣した。

九月早々、歳三は新選組隊士らと共に仙台城下に入った。宿舎は外人屋といい国分町《こくぶんちょう》にあった。そこで歳三を待ち受けていたのは榎本武揚であった。

「会津の方はどうなっているかね？」

「八月二十三日、会津を発った時にはすでに官軍が会津城下に侵入しており人々は籠城を始めました。会津の精鋭部隊は辺境に出ており苦戦を強いられるかと思い、米沢藩に援軍を求めましたが、すでに藩論は恭順に決しこれは成りませんでした」

「仙台藩に抗戦を説得しよう。明日は青葉城に登城だ」

榎本はぽんと歳三の肩を叩いた。

九月十二日、二人は登城して仙台藩執政で恭順派の遠藤文七郎《ぶんしちろう》、大条孫三郎《おおえだまごさぶろう》に対し必死で説得を試みた。

「弟をもって兄を討ち、臣をもって君を征す。そのような人倫にもとる行為をあえてする薩長の徒に、どうして国政をまかせられようか」

歳三も抗戦を説いたが遠藤にはただの任俠《にんきょう》としか聞こえなかった。会談は決裂した。仙台藩は恭順と決まった。

「土方君、蝦夷に渡ろう」

榎本は歳三に言った。蝦夷、そこは歳三には未開の地の果てとしか思えなかった。文化的な生活が送れるのか？　人間が住む所なのか？　渡航して無事に戻れるのか？　歳三には否としか思えなかった。しかし榎本の頭には抗戦とは別の構想があった。脱走兵、言葉をかえれば徳川の家臣達を蝦夷の開拓に従事させることである。蝦夷の開拓は榎本の昔からの夢であった。榎本は自分の構想を歳三に語って聞かせた。

〈そんなことが本当にうまくいくのか？〉

開拓事業の話は夢物語に聞こえた。脱走兵にそのような事業を新政府が認めてくれるのだろうか？

歳三には否としか思えなかった。

〈だがいまさら投降する気にもならない〉

歳三にはもはや何の夢も描けなかった。

だが一方の榎本は楽観的な人間であった。軍艦開陽丸があれば官軍を相手に勝利することもできる。榎本は歳三に諄々《じゅんじゅん》と説いた。歳三はだんだんわからなくなってきた。この男と一緒にやれば何でも巧くいく。榎本はそんな感じを与えるほど弁舌にたけていた。

「もちろん、去就は君に任せる。これはどの兵士にも好きに任せるが」

榎本は最後にこう付け加えた。

この頃、旧幕軍が会津から引き揚げて続々と仙台入りし、城下は賑やかになった。会津での戦況を報告するために新選組の島田魁がやって来た。

「会津はどうなっている?」

歳三は聞いた。

「会津側は籠城を決めこんで戦《いくさ》は長引く模様です」

「残念ながら仙台藩は恭順してしまった。かわいそうだが会津を救うことはできない」

「悪い知らせがあるのですが」

「何だ、言ってみろ」

「九月四日、会津高久《たかく》村に官軍が進功して新選組も山口隊長が二十余名を率いて出動しましたが……」

島田はここで声を詰まらせた。

「やられたのか?」

「残念ながら全員討死した模様です。一人も戻りませんでした」

「何ということだ。全員か」

「山口隊長は新選組と会津藩のために死ぬといって出陣しました」

「そうか、それは立派な最後だったな」

歳三の脳裏に斎藤屋での夜、誠のために戦うと断言した山口が蘇った。

〈これで三番隊長も討死か。どうやら俺一人だけ死に遅れたようだ〉

「永倉の消息はわかるか?」

「大鳥軍にいます。宇都宮城攻略にも参戦していました。今頃、日光口辺りで戦っているのではないですか? 永倉さんがどうかしましたか?」

「いや、何でもない。ところで島田君、君は蝦夷に渡るのか?」

「私は土方先生の行くところならどこへでもお供いたします」

島田は歳三に頭を下げた。

「そうか、嬉しいことを言ってくれるじゃないか。有り難う」

〈永倉はどうなっているのだろう? あいつは不死身だから一番長生きするかもしれない〉

京都で剣を振り回して走っていた永倉の姿を思い出して歳三は苦笑した。

同じ頃、松本良順が歳三を宿舎に訪ねてきた。良順は切り出した。

「仙台藩が恭順して榎本殿が蝦夷行きを勧めているそうじゃないか」

「榎本殿の言うとおり戦《いくさ》に勝利できるかどうかわからない。だが私は蝦夷に渡って幕府に殉ずることに決めた。もうこれからの戦《いくさ》は幕府のために殉ずる者のみがする戦いです。松本先生、あなたは私と違ってこれからの新しい時代に必要な人です。今ここで命を落としてはならない。もう江戸もなくなり東京になりました。私のように新しい時代に何かをするという能力をもたない者は潔く江戸と共に滅びます。どうかもう江戸に、いや東京にお帰りください」

良順は歳三の真剣な様子に戸惑った。

「土方君、君はいつからそのような考えを？」

「会津で療養している頃からです」

「やはり近藤殿のことがあるのだろうね」

歳三は頷いた。

「近藤先生の墓に詣でるのに何度も坂道を登り降りしている間かもしれません」

「私も幕府のために尽くしたい一心でここまでやって来た。幕府を思う気持ちは君と変わりないつもりだ。だが君のように幕府に殉ずる潔さもない。君の言うとおりもうここらが限界なのかもしれない」

「松本先生は自分の立場を顧みずによくここまで献身的に傷ついた兵士の治療に当たってくれました。沖田やそれに私まで世話になって心から感謝している」

「医者として当たりまえのことをしたまでだ」

「近藤先生は義ということをいつも口に出しておられた。片腕の私が生き残っては仏も浮かばれない」

「土方君、そこまで決意されているとは……。あなたは義の人だ。私にはとても君のような真似はできない」

いつしか良順と歳三の双眸は涙で濡れていた。

この頃、歳三が再会を非常に喜んだ人物が二人いる。新選組隊士の相馬主計《かずえ》と野村利三郎である。二人は近藤勇と共に投降し、勇が処刑されるまで板橋に捕われていた。その後は春日左衛門の隊で各地を転戦していたのである。

「近藤先生があのようなことになってかたじけない」

二人は歳三に頭を下げた。

「よく無事だったな。消息が知れず心配していたぞ」

「怪我は大分ひどかったそうですが足の方はすっかり良くなられましたか？」

「ああ、もう大丈夫だ。有り難い。これで新選組を再建できる。君達には蝦夷に渡ってもらう」

「心得ました」

野村と相馬は二人で顔を見合わせてにやりとした。京都の新選組時代に戻ったかのように思ったからである。

この後、抗戦派は松島や石巻に移動して軍事演習をする一方、蝦夷への渡航準備を進めた。十月十二日、渡航準備を完了した八隻の軍艦および輸送船より成る榎本艦隊は約三千名の旧幕府将兵を乗せて、蝦夷に向けて折浜《おりのはま》を出帆した。榎本武揚は艦長の沢太郎左衛門と共に旗艦開陽丸に乗船し、土方歳三は輸送船の大江丸に乗船した。さらに幕府から招かれていた十名の仏軍事教官、砲兵大尉ブリュネ、伍長カズヌーブ、歩兵軍曹マルラン、砲兵下士フォルタンらも同行していた。遠くで漁民達が手を振っていた。歳三の目には一瞬それが仙台で別れた松本良順であり、日野の佐藤彦五郎や姉のぶであり、はたまた京で別れたきくの姿にも見えた。

〈みんなわざわざ見送りにきたか？〉

歳三の目が涙で潤《うる》むと、人々の姿は霞《かす》んだ。海岸はどんどん遠くなりやがて人の姿は見えなくなった。

十九日夜、恵山沖を通過した艦隊のうち、回天が先陣を切って鷲《わし》の木《き》沖に到着した。

二十日午前、回天に続いて、土方の乗船する大江丸《たいこうまる》が鷲の木沖に着船。この時、雪の降りがひどく、隣りの船が見えない位であった。

大江丸に続いて旗艦開陽丸が到着。開陽丸の一部の兵士は艀《はしけ》に乗って上陸を開始した。この時、艀は木の葉のように揺れて兵士達は生きた心地がしなかったが、浜にたどり着くと一同、胸をなでおろした。遊撃隊長人見勝太郎は、榎本の命に従い、上陸後すぐに五稜郭の清水谷公孝宛《しみずだにきんなる》の歎願書を携えて、三十人の護衛兵と共に箱館に向かった。歳三はその日、大江丸に泊まった。

二十一日早天、歳三が甲板に出ると雪に覆われた駒ヶ岳が望まれた。鷲の木浜には人家が見える。これも真っ白に雪で覆われ一面の銀世界。歳三は見慣れない光景にしばし我を忘れて見とれた。甲板に出て来た他の兵士達も皆一様に珍しい雪景色に感嘆の声を発していた。

〈蝦夷がこんなに美しいとは。すぐにも降りてみたいものだ〉

歳三はじっとしていられなくなった。

土方および新選組は大江丸を下船して鷲の木浜に上陸。この日、艦隊のすべての兵が上陸を完了し、鷲の木村は上陸した兵隊でごったがえした。二十二日上陸した兵は箱館に向かって出発。大鳥圭介を総司令として伝習士官隊、伝習歩兵隊、遊撃隊、新選組、衝鋒《しょうほう》隊は大野村、七重村を進み、一方、土方歳三は陸軍隊、額兵隊、衝鋒隊一中隊五百人を率いて森、砂原《さわら》、川汲《かっくみ》峠、湯の川を通って、箱館に向かった。

二十六日夕刻、土方歳三が五稜郭に到着。大鳥率いる部隊は先に入城を済ませていた。歳三は大鳥から二十四日大野村と七重村での戦闘に勝利したこと、前日に箱館府の首脳は藩兵を引き連れて五稜郭を引き揚げたことを聞いた。

二十七日榎本武揚入城。榎本は松前藩に出した使者が戻らないことに腹を立てて歳三を呼んだ。

「土方君、松前を攻撃する。よろしく頼む」

同日、歳三は彰義隊、額兵隊、陸軍隊、七百人を引き連れて松前に向けて進軍した。

十一月五日、土方歳三は総指揮官として福山城から東、千米の距離にある台地に立っていた。夜明け前、土方軍は行動を起こした。歳三の命令で彰義隊、額兵隊、陸軍隊が動き出した。歳三は双眼鏡で軍の動きをじっと見つめていた。朝日が歳三の背後から登ってきた。福山城の白壁が明らかになってきた。朝日に照らされて天守閣は美しく聳え立っていた。

〈なんと美しい城だ。だがこれから私はあの天守閣を攻撃しなければならない〉

歳三の胸に一瞬痛みが走ると同時に砲撃が始まった。彰義隊は伝知沢川《でんちさわ》を渡り、法華寺を占領した。ここに大砲陣地がおかれて城や砲台が砲撃された。敵兵は次第に追い詰められて城の中に逃げこんだ。額兵隊と陸軍隊はこの間、城の裏に迂回していた。

「よし、私も行こう」

歳三は立ち上がった。と同時に立ち上がったのは影のように歳三を護衛する島田魁《かい》であった。ほどなく二人は陸軍隊と共に城の裏へ廻り、石垣を見上げていた。

「この石垣を登れば城に入れる」

歳三は梯子《はしご》をかけさせた。

「私が最初に登ろう」

「え？　総督は軽い身体ではありません。誰か別の者を指名してください」

島田は慌てた。

「島田君。池田屋の時、先頭になって斬りこんだのは誰か覚えているか？」

「はあ。局長でした」

「死はもとより覚悟の上だ。私が先頭に立つ」

「わかりました。では私が総督の後に続きます」

歳三はあっけにとられて見ている兵士達を尻目《しりめ》に最初に梯子を登り始めた。城内に侵入した陸軍隊は大声をあげて敵兵の姿を追い求めた。敵兵はある者は抵抗し、ある者は城の外に逃げ出した。彰義隊も城の前面から侵入することに成功した。戦いは終わった。

「島田君、城内を廻ってみよう。藩主一族はもうすでに居ないようだな」

城内には松前軍の死体が三十以上残っていた。死体の中には懐剣で自決した女性もいた。

〈なんと、あわれな〉

歳三は哀れみの情を禁じ得なかった。いつのまにか、福山城は炎に包まれていた。そして逃走する松前軍の放火によって松前の町も燃えていた。

翌日、城外で目を覚ました歳三の目に美しい天守閣が映った。

〈良かった。天守閣は燃えていない〉

だが松前の町はまだくすぶり続けている。

十一月十一日、土方軍は江差に向けて出発。十四日、大滝山の十三曲《まがり》で松前藩兵の迎撃を受けた。敵は峠に依っており土方軍は攻められずに立ち往生した。

「母成峠《ぼなり》で攻められた時の手を使おう」

歳三は額兵隊と新選組とで挺身隊をつくって山を迂回し敵の上方から攻撃することを考えた。

「よし、出発だ」

歳三は自ら指揮して大滝山の裏手に廻りこんだ。敵は何も知らずに正面の土方軍の主力と銃撃戦を展開している。

「撃て」

歳三の命令で挺身隊は敵の頭上めがけて一斉に発砲した。頭上からの予期しない攻撃に松前藩兵は驚いて敗走しはじめた。敵は山道を下り江差方面へ落ちていった。

「うまくいったな。母成峠ではこんな風にしてやられたのさ」

歳三はそばにいる島田に語りかけた。島田は怪我で療養していたため母成峠の戦いで敗れた時の状況を知らない。

「なるほど。でも敵はさぞ悔しいでしょうね」

「危ない所だった。もし反撃されていたら挺身隊も全滅していたかもしれない」

「運も良かった。松前軍の隊長は死にましたよ。それに松前藩の兵は憶病ですよ。大した抵抗もせずに逃げ出した」

「向こうは戦《いくさ》が初めてらしいな」

歳三は戦勝報告のための伝令を福山城にいる榎本武揚宛に送った。

この日の夕刻、榎本は歳三からの書状を読んでいた。榎本は考えた。

〈江差に集結すると思われる敵の攻撃を土方軍のみならず、海軍にも任せたい。そのために旗艦開陽丸を出動させてみるか〉

福山城で松平太郎や人見勝太郎に榎本は語った。

「今夜、開陽丸を江差に向かわせる」

これには人見が反対した。

「こんな吹雪の中をわざわざ出かけることはない。それに残党程度の敵を追うのに開陽丸は必要ないと思いますが」

だが榎本は人見の言う言葉を無視した。

「陸軍ばかり活躍するのでは海軍から不満が出るからね」

夜九時になって開陽丸は抜錨した。十五日夜明け前、開陽丸は江差に到着。吹雪の中を開陽丸はゆっくりと鷗島《かもめ》に近づいた。

「敵の様子を知りたい。あの胸壁めがけて、大砲を撃ってみよう」

榎本は沢艦長に命令した。開陽の大砲は火を噴き、弾は胸壁に命中したが、島からは何の反応もない。

「ここに敵はいないようだな。場所を移動してみよう」

開陽丸は民家のある陸に近づいていった。

「今度は山めがけて撃ってみよう」

山の中腹めがけて七発もの弾が撃ちこまれたがやはり何の反応もない。

「敵はいないのかもしれないな。兵を上陸させて確かめてみよう」

三十人の偵察隊（隊長、軍艦役近藤熊吉）が短挺に乗って上陸した。偵察隊の報告で松前藩主徳広《のりひろ》と松前藩兵は十四日夜、熊石へ逃亡したことがわかった。榎本らは無血占拠を喜んだがこの喜びも束の間、夜六時頃から暴風と雪に見舞われて開陽丸は木の葉のように翻弄された。

十時頃、錨が外れて開陽丸は岸の方に流された。と思うまもなく乗組員の身体に地震のような衝撃が感じられた。艦底が岩礁に乗り上げたのだ。榎本や沢艦長、乗組員一同は必死で離礁に務めた。沢艦長は艦を全速前進させると同時に大砲を撃って、そのはずみで離礁することを思いついた。

「それはいい考えだな」

榎本も賛成した。甲板上のダルグレン砲とクルップ砲二門が発射された。ドーン、ヒュー。ドーン、ヒュー。発砲は夜遅くまで続けられたが艦は二度と岩間から離れることはなかった。

江差に入って歳三の見たものは波間《なみま》で動けなくなっている開陽丸の姿だった。偵察隊の隊長、近藤熊吉からの報告では波が高くて兵が上陸できないと言う。舘を抜いて江差入りした松岡四郎次郎が歳三のところにやってきた。

「総督、どうしますか。このまま開陽丸の成り行きを見守っていては残党が反撃に出ないともかぎりますまい」

「松岡さんもそう思われますか。私も一刻の猶予も許されないように思う。風雪の止むのを待って兵を熊石へ進めましょう」

十一月二十二日、土方、松岡率いる軍隊は熊石に到着。松前藩兵が三百人ほど集結していたが全員が投降してきた。藩主松前徳広《のりひろ》とその家族は松前を離れて、館《たて》、江差、そして熊石まで逃避行を続けていたが、三日前の夜、津軽めざして船出した後だった。

歳三は降伏した兵を連れて江差に戻ったが、江差の海に開陽丸の姿はなかった。歳三は戦況報告のため榎本武揚のいる順正寺を訪れた。松岡隊長、春日隊長、星隊長、沢艦長、中島機関長らが集まっていた。歳三は開陽丸が沈没する様をその場で聞かされ、愕然となった。以前より榎本は、開陽丸があれば勝機もあると歳三や周りの者に広言していた。

「これでこの戦《いくさ》、負けたか？」

隊長らも口々に先々の不安を語り合っていた。その中で歳三と中島三郎助だけはむっつりと黙っていた。中島は腕組みをして目を閉じていた。居眠りをしているようにも見えた。榎本武揚が姿を現した。中島はゆっくりと目を開けた。榎本は見るからに悄然としており、顔色も青ざめていた。榎本は一同の前に座り、一礼した。

「皆もすでに御承知かと思うが開陽丸は……」

一同に重苦しい雰囲気が漂っている。

「座礁、沈没した。実は箱館にいる時からフランス人教官から開陽丸の調子がまだ完全でないので出動しないように言われていた。悪天候の中、江差の地理を知らないままに無理に出動したこと、色々悪条件が重なってこのような結果になった。これは私の状況判断の誤りから起きたことで大変に申し訳なく思っています」

榎本は涙を流していた。皆もしんとなって聞いていた。榎本はポケットからハンカチを取り出して涙を拭いた。

「では戦況報告をしていただく。土方君から熊石方面の戦況を御願いします」

歳三は、熊石では抵抗がなかったことと、連行した捕虜は彰義隊が松前に連行する旨を報告した。

「この度の土方君と松岡君の働きには感謝したい。おかげでとにもかくにも蝦夷は平定された。開陽丸のことはかえすがえすも残念だが、五稜郭に帰ってから改めて皆で勝利を祝いたい」

榎本はこう締めくくった。十二月十五日、土方歳三は五稜郭に帰城した。


ひとまず蝦夷を平定することに成功した榎本は、箱館に入港していた英仏軍艦の艦長から面会を求められて、横浜在留の両国公使より事実上の政権と認められている旨を聞かされた。その折、榎本は徳川家臣達を蝦夷に引き連れてきたのは、開拓に従事して皇国のために役に立ちたいためであることを説明し、この旨の歎願書を新政府に届けてもらうよう両艦長に依頼した。

十二月十五日蝦夷平定を祝して砲台より百一発の祝砲が放たれ、港内の艦船は五色の旗で飾り立てられた。箱館の町では英米仏露の領事、外国船艦長、箱館の有力者を招いて祝賀会が催された。さらに蝦夷の新政府を運営するため、士官以上の者により役員の入札《いれふだ》（選挙）が実施された。榎本は米国で実施されている制度を採用したのだ。結果は総裁に榎本武揚、副総裁に松平太郎、海軍奉行に荒井郁之助、陸軍奉行に大鳥圭介、陸軍奉行並に土方歳三、箱館奉行に永井玄蕃《げんば》、開拓奉行に沢太郎左衛門が選ばれた。歳三はさらに海陸裁判局頭取、箱館市中取締という肩書も付いた。

この頃、榎本は幹部達に記念として写真を撮るように勧めていた。歳三も榎本から直接、声をかけられた。

「土方君、箱館に写真師がいる。君もこれを機会に一枚撮りたまえ」

「わかりました。ところでその写真師はどこにいるのですか?」

「元町で田本研造という写真師が開業している」

《田本研造は三重県熊野市出身。二十二歳で長崎に遊学して蘭医学や舎密《せいみ》学を学んだ。安政六年、二十八歳の時、箱館に来てロシア領事館で写真術を学ぶようになり、明治元年、現在の元町(東本願寺函館別院付近)で露天写場を開業。この頃、榎本、土方を初め榎本軍の将兵を撮影したと言われている。戦争終結後は札幌周辺の開拓状況の撮影をてがけ、さらに多数の子弟を育てた。北海道写真界の草分けである》

歳三は側近役の沢忠助と共に五稜郭を出て箱館の町に足を運んだ。明治元年も暮れようとしていた。師走の忙しさがどことなく町に漂っている。それに今年の冬は榎本軍が町を占領しているのだ。人々の不安もひととおりではない。

写真師、田本研造は歳三の来るのを首を長くして待っていた。田本は新選組副長の土方歳三が箱館に来ている風聞を耳にしていた。

〈京の町で勤皇の志士を弾圧していた男とはどんな奴なのだろう？　志士達を震え上がらせる恐ろしい形相をしているのだろうか？〉

玄関口で人の気配がした。

「すみません。誰かいますか？」

忠助が声を出した。田本が玄関に出ると二人の男が立っていた。

「土方と申しますが写真を撮りに来ました」

「どうぞ。私は会えるのを心待ちにしていましたよ」

田本は歳三を一目見た時よりほとんど感動に近い気持ちを覚えていた。

〈こんな美男子だとは……〉

田本はすぐに歳三を屋外の写場《しゃじょう》に案内した。白布が張られており、その前に椅子が置かれていた。歳三が椅子に腰掛けると田本はこの男を被写体として観察しはじめた。田本の目差しは芸術家のものに変わっていた。田本は歳三の軍服を整えた。

「左手を軽く握って膝の上に乗せて背筋を真っ直ぐにして下さい。そう右手は腰の辺りに添えてください」

田本が指示をすると歳三も素直にそれに従った。

「では合図をするまでじっとしていてください」

歳三は写真鏡と呼ばれる箱の鏡の部分をじっと見つめてそのまま不動の姿勢を続けていた。

〈まだだろうか？〉

歳三が不安に思い始めた頃、田本の声がかかった。

「はい。これで終わりです。御苦労様でした」

撮影は終わった。

「もう、よろしいでしょうか」

歳三は椅子から立ち上がって歩き出した。

「もしかして土方殿は足を悪くされているのではありませんか？」

田本は聞いた。

「えっ？　わかりますか？」

歳三は仰天した。足の具合は普通に戻ったと思っていたからである。

「歩き方が何となくおかしいような気がしましたので」

「ええ、実は今年の春、宇都宮で負傷して一時療養していました。よくわかりましたね。もうすっかり良くなったと思っていましたが」

「人を見るのが商売なのでね。しかし今日は私にとって忘れがたい日になると思います」

「？？」

「私は徳川のために戦う男達の写真を撮りたいのです。そういえば昨年、松前に出かけて福山城を撮りました。あそこで戦争があったと聞きましたが城はどうなっていますか？」

「天守閣は辛うじて残りましたが後は無惨なものです」

「それは残念だなあ。城の写真を撮っておいて良かった。土方殿はうまく撮れていますよ。でき上がったらすぐお届けします」

田本は嬉しそうに話した。

「よろしくお願いします」

歳三は軽く会釈をして忠助と共に写場を後にした。

〈大した慧眼《けいがん》だな。足の怪我は治っているはずだが〉

足のことを見抜かれてどきっとした歳三だった。

〈足のことばかりでなくすべてを見抜かれたような気がする。写真は魂まで吸い取るという話だが、自

分の魂まで写されるのだろうか？〉

一方、田本は歳三と忠助を送りだした後も一人で感慨にふけっていた。

〈あんな優しそうな男が過激浪士を取り締まっていたとは。いずれにせよ写真があの男のすべてを写し出してくれるだろう〉

田本は歳三の容貌にすっかり惚れ込んでしまっていた。

歳三と忠助が外に出た時、雪が降り出してきた。

「寒いな。せっかくだから、箱館の町を歩いてみるか」

「私もお供します」

「ここは小さな町だな」

歳三らのいる辺りからは箱館港を見渡すことができた。弁天台場が北の方向に陸から海に向かって張り出していて、そこは町の端になるのだが、歳三らのいるところから半里に満たない距離である。箱館山麓から港までは幾筋も坂道が並んで続いており、その間に木造の家屋が立ち並んでいる。山麓に教会、病院、領事館など西洋風の建築物が並んでいるが、これらは嘉永七年日米和親条約で開港してからできた建物である。二人は大工の多く住む大工町を通り過ぎて大三坂を降り始めた。港には万国旗で飾られた多数の艦船が停泊しているのが見えた。

「ちょうど、一年前は伏見奉行所だったな」

「早いものですね」

「あの時は蝦夷に渡るとは夢にも思わなかった。しかも俺一人になるとは」

「榎本総裁の歎願書は受け入れられるのでしょうか？」

「それはわからないが、むしろ却下されて戦《いくさ》が始まってくれた方が好都合だ」

「どうしてですか？」

「このまま戦《いくさ》が始まらず、生き残っても地下に眠る近藤先生に会わせる顔がない。どうせなら敵に一矢報いてから死にたいものだ」

「総督はまだまだお若い。死に急がれなくてもよさそうに思います」

「今まで多くの隊士が犠牲になった。ほとんどの者は私より若くして逝った」

「総督は榎本殿のように蝦夷の開拓には興味がないようですね」

「ああいう男もいるんだな。総裁は学問や開拓の話ばかりで、それも外国語でふらんす人達と喋るのでどうも落ち着かない」

「しかし不思議なものですね。ふらんす人と共に戦うとは」

「京へ上洛した時分、皆で攘夷の唄を唄っていたことを思えば時勢の移り変わりはどうだ。あの当時、夷人といえば軽蔑していただけだが、なかなか気骨のある奴もいるらしい。ブリュネは侍の道に共感するとか言っていたが」

「夷人に侍の道がわかりますかね？」

「彼らのことは共に戦えばわかるだろう」

歳三はこう答えると黙った。ふと忠助が歳三の方を見ると、歳三は手のひらを上にして雪の降りかかるのをじっと見ている。雪は歳三のたなごころの上で降り積もることができずに融けては消えていく。忠助は歳三の少年のような無邪気な仕草につい笑みをもらした。

「懐かしいものだ。餓鬼の頃を思い出す」

歳三は子供の頃、雪が降ると必ず庭に出て、珍しさに手で雪をつかんでは融けるのをじっと見つめたものだった。濡れた手を振り払うと忠助の方へ振り返って真顔になって言った。

「忠助、何と言ったらいいのか。だが京都にいた時から馬丁として仕えてくれたお前なら少しは私の気持ちもわかるだろう。近藤先生が生きておられたら、私も明治の世を生きて何かをする気にもなったと思う。だが近藤先生は死んでしまわれた。先生を梟首《きょうしゅ》にした敵の軍門に降りたくはない」

歳三の表情は悔しさで一杯であった。

「それに京都に居る時分から私が隊士達に命令してきた言葉を知っているだろう」

「士道不覚悟ですか？」

「私は卑怯を嫌い、敵、味方を問わず斬ってきた。多くの者を死に追いやっておいていまさら一人だけ生き残るわけにはいかない」

「…………」

忠助はこれ以上、話を続けてもかえって歳三を苦しめるような気がして黙った。歳三の目が潤んでいるように見えた。忠助は、歳三の近藤勇に対する忠誠心は、その死後も少しも薄れることなく続いているということを見て取った。

〈土方先生は近藤先生の後を追って心中なさるおつもりだ〉

忠助は確信した。雪の降りが大分強くなっていた。あられ混じりの雪が二人の顔面を容赦なく打ちつける。

「蝦夷はさすがに寒いな。帰れなくなるといけない。そろそろ五稜郭に戻ろう」

歳三は気を取り直して言った。

## 蝦夷に死す

鳥羽、伏見の戦いから松前城功略まで戦い続けた慶応四年および明治元年は暮れようとしていた。歳三は久しぶりに句を詠んだ。

【我が齢《よわい》　凍る辺土に年送る】

（注：蝦夷の寒さが身にこたえたのと同時に、追い詰められて冷え切った孤独な心情が詠まれている）

上洛してからは戦いに明け暮れていて句を詠む暇はなかった。ようやく句を詠む余裕ができたのだ。

〈何だか、爺むさい句になってしまった〉

歳三は一人で苦笑していた。

年が明けて明治二年一月中旬、新政府から榎本のもとに歎願書却下の通達があった。榎本は士官以上を集めて訓示を垂れた。

「歎願書は不遜《ふそん》、不敬《ふけい》なものとされ、却下された。それどころか国賊と決めつけられて討伐を加えられることになった。武門の習いとしてあくまでも抗戦していきたい」

歳三はこれを聞いて内心ほっとした。

〈これで存分に戦うことができる。死んだ近藤先生にも顔向けができるというものだ〉

五稜郭討伐と決した官軍は青森に兵力を結集していた。三月九日、官軍は八隻の軍艦に薩摩、長州の兵を満載して品川を出帆した。

五稜郭では回天艦長甲賀源吾が海軍奉行荒井郁之助に提案した。

「敵の艦隊が宮古湾に結集した時に我が艦隊が攻めこんで軍艦甲鉄艦を捕獲してはどうか」

甲鉄艦は元来幕府がアメリカから購入した艦であったが、大政奉還のため幕府に引き渡されずに官軍に渡ってしまった艦である。

「それは奇策だな」

荒井は首を傾《かし》げたが榎本に相談した。榎本は将校を集めて軍議を開いた。

「アボルダージュ。これが成功すればトラファルガーの海戦以来の壮挙です」

ブリュネは意見を求められて答えた。

「?」

これを聞いていた陸軍の将校達はその意味がわからず、首を傾げた。

「アボルダージュとは接舷戦闘のことで、英国のネルソン提督がフランスのナポレオン軍に対してとった作戦でしたな?」

榎本はブリュネに同意を求めた。ブリュネは頷いた。

「つまり相手の軍艦に密かに近づいて接舷し斬りこめばよいのです。残念ながら我がナポレオン軍は敗れてしまいましたが」

「勝算はありますかな？」

歳三は聞いた。

「開陽丸を失った今、劣勢を覆すためには一か八かやってみるべきだ」

歳三の疑問には答えられることなく、回天の甲賀艦長は主張した。駄目でもともといったところか。この主張は妙に説得力があった。一見、無謀とも見える作戦が甲賀艦長から発表された。

「蟠竜《ばんりゅう》丸と高雄丸に援護された回天丸が甲鉄艦に接舷したら斬り込み隊が乗り込む。行動は敵の動きを封じ込めるために迅速かつ巧妙であることが必要である。斬り込みの指揮は土方君にお願いしたい」

一同の熱い視線が歳三に向けられた。

「全力を尽くして戦います」

歳三は答えた。

三月二十日、回天、蟠竜《ばんりゅう》、高雄の三隻は錨をあげて箱館港を出発。二十二日、午後南部領を通過する頃から次第に天候がくずれ、夜に入って暴風が起こって三隻とも逆巻く波に翻弄された。荒井司令官は嘆息した。

「またしても暴風だ。天は我らに味方してくれないらしい」

兵は夜も眠れず昼は食事もろくにとれず、二十三日は過ぎた。二十四日ようやく暴風は止み、宮古から北へ五里の山田港へ入港した。

「土方先生、ちょっと来てみませんか」

歳三が側近役の野村利三郎に呼ばれて甲板に出てみると黄色の陸地が望まれた。

「あれは何だ？」

「菜の花ですよ」

「何？」

「蝦夷にいてすっかり春を忘れていましたよ」

歳三は双眼鏡を覗き込んだ。野村のいうとおり陸地は春の色をしていた。

「蝦夷に着いた時、一面の雪景色に感動したが菜の花もいいもんだな」

歳三は呟いた。

「そうですね。私はこれが見納めになるかもしれない。男らしく戦って死にたい」

野村利三郎は日頃、口癖のように言っていた言葉をまた呟いた。今回、野村は甲鉄艦に乗り込む先発隊の危険な任務を歳三から命令されていた。歳三はこの若者の剛直さに自分の分身を見る思いであった。

「そうだな、見納めになるかもしれん」

歳三は野村の言葉に頷いてもう一度双眼鏡を覗き込んだ。

暴風のため入港が遅れた蟠竜丸の到着をまたずに二十五日夜明け前、回天と高雄は山田港を出発。二隻は宮古へ向かった。ところが高雄は機関の故障で途中で進行できなくなり、回天一隻で攻撃を決行することになった。

夜が明けた。港には八隻の軍艦が停泊していた。回天は米国旗を揚げて悠々と甲鉄艦に近づいていく。まさに接舷しようとする時、米国旗が下ろされ代わりに日章旗が上げられた。敵とは知らず、呑気に回天を見物していた甲板上の水夫らはようやく敵の襲来に気づいた。

「敵だ、敵の来襲だ」

とっさのことで海中に飛び込む者、武器を取りにいく者、仲間に敵の来襲を知らせに走る者、甲鉄艦の甲板上は大混乱が起きていた。歳三は荒井司令官や甲賀艦長、ニコールと共に回天の艦橋にいた。

「斬り込め」

荒井は命令を下したが陸兵は乗り込むのを一瞬躊躇した。回天の舷《ふなべり》が甲鉄艦より高くて飛び移るのに非常な勇気を要したからである。

「野村、行け」

歳三も荒井司令官と共に大声で叫んでいた。結局、海軍の大塚浪次郎、新選組の野村利三郎、彰義隊の笹間金八郎、加藤作太郎が次々に飛び移った。この後も彰義隊、神木隊が続いたがそのうちに官軍側も攻撃体制を整えた。甲鉄艦のガットリング・ガンが火を噴き出した。これは一分間に百八十発もの弾が発射できる兵器でこれにより乗り込んだ陸兵はばたばたと倒れた。これを見た歳三は甲板に降りて船端《ふなばた》に近づき、敵に銃撃を浴びせている相馬主計《かずえ》と大島寅雄に声をかけた。

「恐ろしい兵器だな。あの射手を狙ってくれないか」

「さっきから狙っていますよ。なかなか命中しません。味方の損害が大きいようです」

相馬が答えた。歳三は双眼鏡を覗き込んだ。しかし双眼鏡に映されたのは恐ろしい光景であった。甲板上に倒れている多数の兵士達、そしてまさに斬られんとする兵士、なんとそれは野村利三郎ではないか。

「野村！」

歳三は思わず大声で叫んでいた。銃撃の音でかきけされて声は届くはずもないのだが、歳三には野村がちらりと自分の方を振り返ったように見えた。斬られた野村はすぐに敵の手で海に葬られた。

「畜生！　野村がやられた。相馬君、銃を貸してくれ」

歳三の声は怒りで震えていた。歳三は銃を受け取るとすぐに撃ち出した。野村を海に葬った水兵達やガットリング・ガンの射手が狙われた。射手の身体のどこかに弾が命中したようである。ガットリング・ガンは沈黙した。

「先生、やりましたね」

相馬がにやりと笑った。だがこの沈黙も束の間またすぐに新手が加わって銃撃が始まった。艦橋上では見習士官の安藤藤太郎が手を、そしてニコールが大腿部を撃たれて艦将室に運ばれていた。司令官荒井郁之助と艦長甲賀源吾は顔を見合わせた。

「このまま戦闘を続けても死傷者が増えるばかりだ。撤退しよう」

荒井は提案した。甲賀は腕組みをして黙っていたがついに撤退に同意した。

「わかった。私が命令をくだそう」

甲賀が撤退命令を発しようとした刹那、銃弾が飛来して額に命中して倒れた。代わって司令官の荒井が土方歳三に撤退命令を伝えた。甲鉄艦に斬り込んだ者達に縄が投げられた。その者達が無事に帰還できると回天は甲鉄艦を離れた。

翌二十六日午後三時、回天は箱館に帰港した。

「戦いは如何でしたか？」

忠助は五稜郭に戻った歳三に聞いた。
「野村が死んだ。今度の戦いはまるで地獄絵を見るようだったよ」
歳三はぽつりと呟いた。

この頃青森には八千人の官軍兵力が集結していた。総軍参謀は山田市之允《いちのじょう》。山田は長州の松下村塾出身。蛤御門の戦いの際には西本願寺に匿われて僧に化けて新選組の探索から逃れることができたのだが、今度は追われる立場が追う立場になっていた。官軍第一陣千五百人は四月九日正午、江差の北方の乙部に上陸を開始。一方の榎本軍は江差駐屯の松岡四郎次郎の部隊が一旦松前まで退却して、松前守備隊と合流して再度江差へ進軍した。途中の村で官軍本隊と衝突。この戦闘で官軍は死傷者百名以上の損害を出して江差に退却した。

官軍は江差から松前海岸道を松前に進む右縦隊、上ノ国から木古内口に進む中央縦隊、厚沢部から大野の二股口に進む左縦隊に分かれて五稜郭を目指して進軍した。これを受けて五稜郭側では大鳥圭介が木古内口に、さらに土方歳三が二股口の守備に派遣された。

十日衝鋒隊二小隊と伝習隊二小隊約三百人の土方軍は現地に到着。蝦夷にも遅い春がやって来て通り過ぎようとしていた。桜が散って山々は夏に向かって青みを深めていた。

「こちらは少人数だが、こういう時には頭を使うぞ」

兵の配置に絶対的な自信をもっていた歳三は兵士達を激励してこう言った。

十三日長州、福山、津軽、松山の兵約六百人が江差山道を通って土方軍が胸壁を築いて待ち構えていた台場山に姿を現した。激しい銃撃戦が始まった。雨あられのように飛び交う銃弾。銃撃戦は夜どおし続いた。翌朝七時官軍は銃撃を止めた。西方約二里の稲倉石《いなくらいし》に退却したのである。島田魁が報告に来て言った。

「土方先生やりました。敵は退却しました」

「有り難う。皆、全力を尽くして戦ってくれたおかげだ」

「ええ」

「ところで島田君、川の水で顔を洗ってきたまえ。その顔では誰かわからんぞ」

「はあ」

島田の顔は銃撃による硝煙で真っ黒になっていたのである。五稜郭では榎本武揚が各地の戦況報告を不安げに待っていた。

十四日木古内で大鳥圭介率いる伝習隊、額兵隊、彰義隊が官軍と戦闘。官軍は敗走して木古内峠まで退却。榎本は二股と木古内の戦況報告を受けて愁眉を開いた。慌てたのは一方の官軍側である。参謀山田市之允は青森の総督府に対して増援を求める書をしたためた。

〈二股は土方歳三が指揮していると聞いたが、しぶとい奴だ。いつも新選組が俺達の邪魔をする〉

山田は蛤御門の戦いの際、新選組の探索を逃れて命からがら京都を脱出したことを思い出して首をすくめた。

四月十五日官軍右縦隊は松前攻略に向けて動き出した。十七日松前の砲台や城下は官軍の軍艦により砲撃を受けた。榎本軍も必死で防戦したがついに砲弾も尽きて、夕刻福島に向けて退却した。十八日朝、福島に着いた敗残兵は夕刻、知内《しりうち》村と木古内村に移動した。

一方、木古内峠に後退して木古内再攻略を準備していた官軍中央縦隊は二十日未明、木古内の攻撃を開始した。大鳥が五稜郭に帰った後、木古内の榎本軍は星恂太郎《じゅんたろう》率いる額兵隊が中心であったが、急襲されて伊庭八郎の率いる部隊と共に札刈《さっかり》まで後退した。しかし知内にいた榎本軍が木古内に進出したため再び官軍は木古内峠への退却を余儀なくされた。大鳥が木古内に戻ってみるとすでに官軍は退却した後であったが、木古内に踏みとどまるよりは矢不来《やぎない》で総力をあげて防衛する方に利ありと判断。二十三日榎本軍は木古内を引き揚げて、矢不来に入った。この頃青森から第二陣、第三陣と増援部隊が江差に到着。二股口にも増援部隊が派遣された。

二十三日、二股に三度目の攻撃が加えられた。一千人の官軍が殺到した。雷のような砲声が再び台場山に轟き始めた。島田魁が報告にやって来た。

「兵士達は銃身が過熱して持てない位まで発砲しています。二股川の水を汲み上げてその水で銃を冷やしながら戦っています」

「今度は敵も手ごわいぞ。頑張ってくれ」

「はい。ところで今回のような激戦は私は生まれて初めてです」

「君もそう思うか？」

島田は頷いた。

「私もそう思う。もうひと頑張りだ。ここを難攻不落の陣地としたい。よろしく頼む」

歳三の熱い期待は兵士達に通じた。戦っている兵士達の間にもいつしか絶対勝てるという信念のようなものが生まれていた。

二十五日夕方、銃撃が止んだ。官軍がついに撤退したのである。

「よくぞ、頑張ってくれた」

歳三は自ら胸壁を訪れて樽酒を配って歩いた。兵士達の顔はどれも硝煙で真っ黒になっていたが白い歯をのぞかせていた。歳三も久しぶりに笑顔を見せていた。

〈土方先生が最後に笑顔を見せたのはいつの頃だっただろう〉

歳三のそばにいた島田は思った。

〈こんな会心の笑みを見せたのは、もしかして池田屋の斬り込み以来かもしれないな〉

「これで徳川幕府に殉ずる者の正義が幕府を裏切った者達にも通じたはずだ。地下に眠る近藤先生もお喜びのことと思う。島田君も勝利の酒を飲みたまえ」

歳三が島田の盃になみなみと酒をつぐと島田も歳三に盃を渡して酒をついだ。二人が酒を酌みかわすと周りの兵士達は万歳を三唱しはじめた。

「徳川万歳、土方総督万歳」

大きな声が山々にこだました。胸壁から胸壁にと連鎖反応のように万歳三唱は続いた。

二股に陣取っていた土方軍は榎本の指令によって五稜郭に呼び戻された。矢不来が敗れ、官軍が進軍してくると土方軍の退路が断たれる恐れがあるためである。土方軍は意気揚々と引き揚げたが五稜郭に帰ると戦勝気分はいっぺんに吹き飛んだ。榎本軍は矢不来に続いて有川が敗れ、七重浜まで後退していた。ほとんどの部隊は五稜郭に引き揚げていたが死傷者が多く出ていた。

五月一日、五稜郭の軍議で箱館と五稜郭の防衛配備が決められた。この日、歳三は弁天砲台に行き、新選組に有川出兵の命令を伝えると大町の民家に入って戦況を見守った。ここで久しぶりに休息をとることができた。二股の陣ではほとんど寝ていなかったので横になるとすぐに寝入った。四日未明、歳三は砲弾の飛来する音で目を覚ました。官軍の軍艦五隻が箱館湾にいる榎本軍の軍艦回天と蟠竜および弁天砲台に攻撃してきたのである。弁天砲台周辺の民家にも砲弾が落下していた。

〈ぐずぐずしていてやられては大変だ。畳の上で死ぬのは御免だ〉

歳三は苦戦しながらも、弁天砲台の新選組が奮闘していることを確認すると砲弾の飛来する中をくぐりぬけて、五稜郭に戻った。

五稜郭では榎本武揚を中心に七重村にある官軍の本営を攻撃する準備が進められていた。ブリュネらフランス人軍事顧問団は榎本の要請に従い、すでに箱館を去っていた。七重村の攻撃に歳三の出番はなかった。忠助は言った。

「ブリュネさんらふらんす人や松平定敬《さだあき》殿は箱館を出られました」

「そうか」

歳三はこう言ったきり自室に籠もった。歳三は密かに一人殉ずる決意を固めていた。

【たとひ身は　蝦夷の島根に朽るとも　魂は東の君やまもらむ】

句を紙に書きつけると市村鉄之助という少年隊士を部屋に呼んだ。

「今から君に大事な用事を頼みたい」

「はい」

「私の郷里は武州の日野である。近いうちに箱館港から一隻の外国船が出港するから、それに乗って日野へ届けてもらいたい物がある。やってくれるね？」

これを聞いた鉄之助の顔色がさっと変わった。

「総督、それだけは御勘弁を。私はここに居残って皆と共に戦って死にます。一緒に死ねといわれれば喜んで命令に従いますが、そのような命令には従いたくありません」

今度は歳三の顔色が変わる番であった。

「私の命令が聞けないのか。これは容易《たやす》い用事ではないぞ。命がけの仕事だ！」

「？？」

「ここから江戸へ、いや東京へはもう官軍が占拠していて蟻のはいでるすきまもないはずだ。もし途中で新選組とわかったらどうなるか、新参のお前にだってその位のことはわかるだろう」

「ええ」

「もう一度言う。これは大事な仕事だ。戦いに命を捨てる君の熱心さを買って命令している。やってくれるね？」

「わかりました」

鉄之助はこっくりと頷いた。歳三はにこりと微笑むと自分の写真と毛髪、絶筆の和歌を書いた紙、五十両の入った紙包みを鉄之助に手渡して日野の佐藤彦五郎の家の所在を教えた。

「命にかえても、命令をやり遂げます」

鉄之助の目には涙が溜まっていたが納得した顔つきになって歳三の部屋を出た。

鉄之助が部屋を出た後、歳三は伊庭《いば》八郎の病室を訪れた。伊庭八郎は心形一刀流《しんぎょういっとう》伊庭道場の直系である。江戸では剣客として試衛館を訪れたこともあり、歳三とは顔見知りの間柄であった。伊庭は入札により歩兵頭並の役職に就いていたが、先月の札刈《さっかり》の戦闘中に重傷を負って五稜郭に運ばれてきて療養中であった。歳三が病室に入ると看護卒は、

「手短に御願いします」

と言って一礼をして病室から出ていった。病室の空気はよどんでいた。消毒の匂いと傷口から発する匂い、あるいは汗や体臭の匂いが混じった空気に歳三は一瞬吐き気を催したが、すぐに平静を取り戻した。伊庭はもはや歳三が見知っているその人ではなかった。歳三が見知っていた伊庭は、試衛館で総司を相手にして剣技を競う剣士であったが、今の伊庭は深く傷ついて死を静かに待つ人であった。

「土方さん！」

歳三は身を起こそうとする伊庭を身振りで制した。

「八郎、大丈夫か？」

「よく来てくれましたね。土方さんは無事だったようですね」

「俺はこのとおりまだ足が付いている。余程、悪運が強いとみえて弾が急所をよけていく」

「近藤さんはあのようなことになってしまって」

「あんな苛酷な刑に処せられるとわかっていれば投降を勧めたりはしなかった。全く慚愧に堪えないよ。近藤先生は本当は腹を切って武士らしく死にたかったはずだ。だがそれをさせなかったのも近藤先生に死んでもらいたくなかったからだ」

「土方さんも随分つらい思いをされたようですね」

「近藤先生のことは別れてからも一時として頭を離れたことはない。恥ずかしい話だが会津で療養中の時には人知れず泣いたよ」

「土方さんはもう昔の土方さんではないようですね」

「ああ、そうらしい。以前のように余り腹も立たない。京都から同行している隊士達は鬼が仏になったと不思議がっている」

「私はごらんのとおりもうすぐあの世行きです。暴れて無茶なこともしましたが今は不思議な位、平穏な気持ちです」

「いや、案外、俺の方が先かもしれない」

「近いうちに出撃されるのですか？」

「ああ、そのつもりだ」

伊庭八郎は喋り疲れたように目を閉じた。看護卒が部屋に入って来て言った。

「もうその位にして頂けますか？　病人が疲れますので」

歳三が部屋を出ていこうとすると八郎は目を開いて言った。

「土方さん。原田さんの事は御存知でしたか？」

「新選組の十番隊長のか？」

「上野の彰義隊で戦った者から聞いた話ですが、原田さんは上野の戦いに加わっていたそうです」

「そうか。永倉と一緒だと思っていたが噂を聞かないのでおかしいと思っていた」

「でも官軍の一斉射撃にあい重傷を負って二日後亡くなったそうです」

〈原田もか〉

歳三は一瞬言葉を失った。

「原田さんらしい最後ですね」

「そうだな。あいつならこういう時節にじっとしているわけがない。だがこれで新選組を背負っていた人間がほとんどいなくなってしまった」

「土方さん!!」

伊庭の声には重病人とは思えない力がこめられていた。

「最後にもう一度、新選組の誠の旗をここ箱館で翻してください。そして幕府を裏切った薩長に幕府に忠誠を尽くす者の誠を示してください」

伊庭の瞳は燃えていた。

「………」

歳三は無言で頷いた。伊庭の言いたいことはわかりすぎるほどであった。

〈わかっているよ。だがお前も頑張れ〉

歳三も目で語りかけていた。二人はしばらく見つめ合っていたが看護卒が再度、退室を促したので歳三はそれに従った。

〈八郎、お前の言うとおり最後まで誠を尽くして戦うよ〉

歳三の心に炎のような闘志が再び湧き上がってきた。

八日榎本総裁は、自ら八百余人の兵を率いて官軍の本営地七重村を攻撃したが官軍は伏兵を置いて激しく抵抗したため、本営に到達することができずに撤退した。この戦闘以来、榎本軍の士卒の中から投降する者が現れて全体の士気が衰えた。

十日、五稜郭では翌日の官軍による箱館総攻撃を控えて軍議が開かれた。榎本武揚はいつもより興奮した様子で軍議を始めた。

「私が先遣隊を率いて有川、大川、海岸地区に向かう」

大鳥圭介が真っ先に申し出た。

「わかった。では箱館市街の方面はどうするか？」

「私に御任せください」

歳三はすかさず答えた。

「兵力は？」

「五百。敵が七重浜方面より来るか、箱館山近辺より来るか予想できませんが、状況に応じて動きます」

「なるほど。四稜郭方面はどうするか？」

「一聯隊《いちれんたい》の松岡君に任せます」

大鳥が答えると松岡四郎次郎は頷《うなず》いた。

榎本は歳三の真意に気づいたがそれ以上何も言わなかった。

軍議の後、築嶋《つきしま》の武蔵野という妓楼で宴会が開かれた。榎本武揚、大鳥圭介、松平太郎ら将校とともに歳三も居た。別離の盃を交わした後、飲んだり、食べたり、唄う者あり、悲憤慷慨する者ありで夜が更けると共に宴は盛り上がっていった。

歳三は榎本や大島より一足先に帰城した。帰り道は額兵隊の隊長、星恂太郎と一緒であった。星は仙台藩の恭順に反発して二百五十人の額兵隊と共に開陽丸に乗船して箱館に来ていた。生来の一本気な性格は歳三に相通ずるものがあった。星も歳三と同様、明日箱館の街に出陣することになっていた。話題は自然と箱館総攻撃のことになっていた。星は額兵隊の優秀さを誇り、

「命を捨てて戦う」

と明言した。歳三はこういう男と共にいるのは気が楽であった。義という自分と同じ志を持ち、それを実行していこうとする人間は、信頼できると思った。

〈だが榎本や大島は違う。彼らのやりたいのは開拓や国づくりで死ぬまで戦うといっているがどこまで本気か？　それでも才覚と学問とで新しい世の中に生きることもできよう〉

五稜郭に戻った歳三は、翌日の市街戦に共に出陣する大島寅雄、安富才助、立川主税《ちから》を呼んだ。

「数の少ない我々は明日の総攻撃で苦戦を強いられるのは目に見えている。五稜郭に生きて戻れるかどうかもわからない。もし私の身に万が一の事があっても決して敵の手に渡らないよう密かに始末してくれ。死んで八つ裂きにはなりたくないからな」

歳三は特に死を恐れる風もなく静かに語った。その夜、ほんの一時、歳三は眠った。

明治二年五月十一日、一点の曇りもない青空の下、土方歳三は道産馬に跨り会津兼定の大刀を腰に差して出陣した。従う者、五百人。

未明からすでに官軍による海陸合同の大規模な攻撃が始まっていた。五稜郭を出て千代が岡陣屋に到着。そこで守備についていた中島三郎助に会った。

「戦闘状況はどうでしょう？」

中島は歳三を陣屋の塁に案内すると西南の方向を指さして言った。一本木の関門を通して箱館の町とその向こうに箱館山が望まれた。

「少し前、星恂太郎が箱館の町に出陣していったが、しきりと山麓あたりから硝煙が上がっている。それもこちら側に向かって来ているようだ」

「それでは弁天砲台が孤立してしまう。何とか救出しなければ」

歳三は唇をかんだ。脳裏に新選組の面面の顔が思い浮かんだ。

「状況はよくわかりました。すぐに星君の後を追います」

歳三は額兵隊二個隊五十人と土方付属の兵士を選抜した。

「兵力五十では少数すぎないか？」

中島三郎助は歳三の無謀さに眉をひそめた。

「私は殉ずるために出撃します。状況によって増援を要請します」

歳三は言い放った。

「………」

中島は歳三の真意に気づいたが、それ以上何も言わなかった。

歳三は五十人余りの兵を引き連れて千代が岡陣屋を出発した。一本木の関門が近づくにつれて遠くに聞こえていた銃声が近づいてきた。

〈そろそろ来たな〉

歳三の身体に軽い震えが起こった。そのまま前進して関門にさしかかろうとする頃、ドーンという轟音《ごうおん》と共に大きな火柱が港内に上がるのが見えた。歳三と兵士五十人の視線は釘づけになった。

〈敵か味方か？〉

歳三の疑念に答えるように兵士の一人が叫んだ。

「あれは敵艦です」

《午前九時半頃、榎本軍の軍艦蟠竜の放った砲弾が官軍の軍艦朝陽の弾薬庫に命中したことにより、朝陽艦は爆発、炎上。その船体は二つに折れみるみるうちに沈没した》

「海軍は全力をあげて敵を攻撃中である。我々もこの機を逃さず突撃を開始する。徳川のために命を捨てる覚悟のある者は速やかに進め」

歳三は朝陽艦の沈没をあっけにとられて見守っていた兵士達に向かって大声で叫んだ。次に側近役の大野右仲《うちゅう》を呼んだ。一本木には戦いに敗れた伝習士官隊の兵士達が集まっていた。

「大野君、額兵隊と士官隊を率いて進撃してくれ」

「わかりました。総督はどうされますか？」

「私はこの柵の所にいて退却してきた兵を通さないようにする。退却しようとする者は斬る」

大野が進撃した後、関門には歳三の他、やはり側近役の大島寅雄、安富才助、立川主税《ちから》が残った。馬上の歳三は刀をギラリと抜くと銃撃音のする箱館山の方角を見つめた。今のところ、兵が退却してくる気配はない。しかし砲声や銃撃音は頻りと鳴っている。歳三は今度は頭上を見上げた。空は硝煙のため一面、真っ暗である。不気味な灰色の空であった。

〈今朝、五稜郭を出た時は雲一つなかったのだが〉

突然、何かが柵の上で動いた。歳三は一瞬ギクッとして視線を転じた。一羽の鳥であった。

〈何だ。唯の鳥か〉

歳三はほっとした。黒い頭に赤い下腹、黒い翼に白い紋のある鳥はおじぎをしながらクックと鳴いている。

〈大砲の音に驚いて山から飛んできたのだろうか?〉

見ているうちに歳三は以前にも同じ鳥を見たことがあるのを思い出した。多摩の林の中である。しかしそれが日野の石田村であったか、剣道の稽古をした高幡不動尊の境内であったか、それとも出稽古先の小野路村であったかは思い出せない。

〈そうか。お前は蝦夷にもいたのか〉

歳三の胸に懐かしさがこみ上げてきた。鳥がまたお辞儀をしてクッと鳴いた。次の瞬間、鳥が飛び立つと同時に歳三の身体は馬上から弾かれるように投げ出され、そして転げ落ちた。

一発の銃声が響いて歳三の傍らにいた大島寅雄、安富才助、立川主税は反射的に地面に身を伏せていた。馬のいななきが聞こえた。はっと頭を上げて三人が見たものは主人を失った馬が走り去る姿であった。

「しまった」

三人は主人の姿を追い求めた。硝煙のきな臭い匂いが漂う中、歳三は身体から血を流して地面に横たわっていた。

「早く、土方先生をどこかで手当てしなければ」

大島が叫んでいた。傷ついた歳三は近くの農家に運ばれた。腹部に銃弾を受けており白い兵児帯《へこたい》が出血のために真っ赤に染まっていた。

「総督、しっかりしてください」

歳三の顔からどんどん血の気がひいていく。部下の必死の呼びかけに答えることなく、歳三は二度とその目を開くことはなかった。


七月初め、日野の佐藤彦五郎邸。

のぶは、日に一度必ず夫の彦五郎と決まった話をする。それは行方知れずの弟、歳三のことである。

「やはり弟は蝦夷で討死《うちじに》にしたのでしょうか？　生きていればいくらなんでももう消息を知らせてきてもよさそうなものですが」

「榎本軍の兵士は降伏した後、色々な場所で謹慎させられているらしい。なあに歳さんも今にひょっこり姿を現すさ」

「それならいいのですが」

夕暮れ時、のぶが土間で立ち働いていると、みのをまとい、手拭いをかむった若い男が入ってきた。

「ご主人にお目にかかりたいのですが」

「どういう御用件でしょうか」

「お目にかかればわかることで」

「…………」

のぶはいぶかりながらも男に中庭に行くように指図した。彦五郎が中庭に出ると男は懐から歳三の写真を取り出して彦五郎に見せた。

「私は新選組の市村鉄之助と申す者です。箱館にて土方先生の配下にいましたが、先生から写真や和歌をこちらに届けるように命令されてきました」

さらに男が差し出した紙切れには歳三の筆跡で、

【使いの者の身の上頼上候　義豊】

と書かれてある。

「わかりました。どうぞお上がりください。子細を伺いましょう」

彦五郎は男を居間に案内するとのぶと共に話を聞いた。

「私は先生から写真と和歌それに遺髪を預かってきました。官軍からの攻撃が激しい頃、先生はもう最後と思われたのでしょう。こちらに形見の品を届けると共に箱館での活躍を語ってほしいと言われまして、遠路を旅して参りました」

鉄之助は鼻をすすりながら話し始めた。五稜郭入城、松前攻略、入札で陸軍奉行並になったこと、宮古湾海戦、二股の戦い、その活躍ぶりは彦五郎やのぶの想像を遥かに越えていた。

「そうですか。そんなに凄いとは」

「最後に五稜郭の城門を出る時、後ろを振り返ると小窓から先生が見送ってくれていました。けれども、先生は五月十一日、一本木というところで戦闘指揮中に被弾して戦死されたことを、箱館を出帆してから船中で知りました」

鉄之助はついにわっと泣き出した。

「やはりそうですか」

のぶは目頭を押さえた。

「勇さんがあのようなことになってしまって、私はせめて歳さんだけでも生きて帰って欲しいと思っていたのだけど」

彦五郎も涙声になって言った。

「でも弟はこれで満足していると思います。弟は近藤先生や沖田さんと出会ってから剣のみに生きていましたもの。一人生き残ることは弟の性分が許さないと思います。勇ましく戦って死んだのなら本望でしょう」

「徳川のために戦ったんだ。我々は彼の死を誇りに思わなければならない」

鉄之助は意外にも明るい表情の家族にかえって慰められて涙を拭いた。

歳三の戦死の報はすぐに石田村にも伝えられた。それを聞いた長兄為次郎は一人呟《つぶや》いた。

「歳の奴、畳の上で死ぬなという俺の言うとおりにしやがった」

〈完〉

# 参考文献


1 「土方歳三のすべて」 新人物往来社
2 「聞きがき新選組」 新人物往来社
3 「新撰組顚末記」永倉新八 新人物往来社
4 「新選組のすべて」 新人物往来社
5 「近藤勇のすべて」 新人物往来社
6 「新選組（歴史読本セレクト、幕末維新シリーズ１）」 新人物往来社
7 「土方歳三を歩く」野田雅子ほか 新人物往来社
8 「新選組史料集」 新人物往来社
9 「新選組（歴史と旅　特別増刊号　第十七巻第五号）」 秋田書店
10 「幕末を駆け抜けた男たち」今川徳三 教育書籍
11 「新選組１００話」鈴木亨 立風書房
12 「新選組残照」赤間倭子 東洋書院

13 「戊辰戦争」佐々木克　中央公論新社
14 「夜明けの戦艦」高橋昭夫　北海道新聞社
15 「物語　五稜郭悲話」　新人物往来社
16 「箱館戦争」武内収太　五稜郭タワー株式会社
17 「土方歳三の生涯」菊池明　新人物往来社
18 「幕末維新戊辰戦争事典」太田俊穂　新人物往来社
19 「新撰組全史　幕末・京都編」中村彰彦　文藝春秋
20 「新撰組全史　戊辰・箱館編」中村彰彦　文藝春秋
21 「新撰組真史」山村竜也　産学社
22 「新撰組　２２４５日の軌跡」伊東成郎　新潮社
23 「新撰組　最後の武士の実像」大石学　中央公論新社
24 「鳥羽伏見の戦い」野口武彦　中央公論新社
25 「官賊に恭順せず」原田伊織　角川書店
26 「会津藩戊辰戦争日誌」菊池明＝編　新人物往来社
27 「土方歳三　最後の戦い」好川之範　北海道新聞社

28　「新撰組展２０２２」　読売新聞社

# あとがき

この度、平成九年に自費出版した『土方歳三、炎の生涯』を一部、改訂して電子書籍版として発刊することになりました。平成九年に自費出版を出したことはとにかく初めての経験でとても感慨深いものでした。当時を思い出しながら、なぜ土方歳三を書き始めたか振り返ります。土方歳三を知ったのは、高校二年生の時です。三つ年上の姉が友人からとても面白い小説があると聞いたということで、私も興味を持って読み始めました。それが司馬遼太郎著『燃えよ剣』でした。試衛館の剣士らが、上京して新選組を結成し、近藤勇、土方歳三、沖田総司を中心として激動の幕末の時代を生きるという物語は恋あり、戦いあり、友情あり、面白く一気に読み終えました。珍しい冒険奇譚のようでまた創作された物語のように思え、まさかこれが事実であろうとはこの時は思われませんでした。この頃、印象的に思ったのは、土方歳三ではなく沖田総司の方で大学に入学してから、友人と壬生寺を訪ねた記憶があります。子母澤寛著『新選組始末記』で沖田総司が壬生寺で子供と遊んでいたというエピソードを読んだからです。この時から十年位経った頃のことです。函館観光に出かけて元町公園を散策したときのことです。

旧北海道庁箱館支庁庁舎に入ると函館の歴史が紹介されていて、土方歳三の顔写真が展示されていました。

ここで初めて土方の容貌に接したのですが、若い美男子の風貌はまるで現代のイケメンです。新選組隊士の中島登は手記に土方のことを書き残しています。「英才にして飽くまで剛直なりしが、年長するに従い、温和にして人の帰する事赤子、母を慕うが如し」こういう記述から、土方のことは勝手に壮年期の男性のイメージを作り上げていたので顔写真を見て不思議な感じを抱いたのを覚えています。その時から、私は本物の人物はどんな人であったのだろうか？　おそらく『燃えよ剣』は創作で実在の人物とどう違うのだろうか？　という疑問が湧きました。この一枚の写真が土方歳三を調べるきっかけでした。その後、主に新人物往来社から出版されていた新選組関係の書籍を読んで土方歳三を知ることが出来ました。

そうするうちに、次は小説を書いてみようと思いました。テーマを考えた時、新選組関係の書籍を多数読んでいたので土方歳三なら纏められるかもしれないと書き始めました。七年後の平成九年、『土方歳三、炎の生涯』自費出版の運びとなり、発刊は箱館戦争の最も長い日すなわち六月二十日としました。

当時、本を差し上げた七十歳の男性から読後の感想を頂いたのが、鮮明に思い出されます。

【とても良かった。とくに最後の死の場面が良かった。私は太平洋戦争のとき、出征して戦場に行った

が、弾はいつどこから飛んでくるかわからない。流れ弾に当たったようだが、それがとてもリアルな感じがしてよかった】

と言われてとても嬉しかった記憶があります。

この事と関連して土方の名誉のために書き添えますが、土方の最後については諸説あります。流れ弾というのは、大鳥圭介の書き残した戊辰戦争の日誌『南柯紀行』に見られる記述です。部下である土方に名誉の死を与えたくなかったとも思えます。よく云われるのは、敵または味方からの狙撃説です。いずれにしても、最後の死の場面は謎のままです。

ところで初版から二十五年経った今回の改訂版ですが、この間、新選組の研究は飛躍的に進み、その実像に関してさらに理解が深められてきました。例えば二〇二二年には、読売新聞社など協賛の元、福島県立博物館や京都文化博物館において新選組展が開催され新しい知見が紹介されました。こうした流れを汲み、この度、改訂に当たっても、なるべく歴史学的に正確を期するように努力しました。

こうした作業により、より真実味のある歳三が描けたと自負しています。今回、私の『土方歳三、炎の生涯』を電子書籍版として出版する機会を作って下さった二十二世紀アートの久保田純平様および有益な助言を頂いた制作関係者そしてきくの京都弁につきご助言頂いた京都在住の中村優里様、加藤奈々瀬様、山根澄子様、岡田安規子様には心から感謝いたします。今後も引き続き、フィクション、ノンフイクションの世界を問わず、新選組が愛されて人々の心に残ることを祈念いたします。

令和五年三月十五日

広瀬るみ

# 土方歳三　炎の生涯

2023年9月30日発行
著　者　広瀬るみ
発行者　向田翔一

発行所　株式会社 22 世紀アート
〒103-0007
東京都中央区日本橋浜町 3-23-1-5F
電話　03-5941-9774
Email: info@22art.net　ホームページ：www.22art.net

発売元　株式会社日興企画
〒104-0032
東京都中央区八丁堀 4-11-10 第 2SS ビル 6F
電話　03-6262-8127
Email: support@nikko-kikaku.com
ホームページ：https://nikko-kikaku.com/

印刷
製本　株式会社 PUBFUN

ISBN：978-4-88877-261-7
© 広瀬るみ 2023, printed in Japan
本書は著作権上の保護を受けています。
本書の一部または全部について無断で複写することを禁じます。
乱丁・落丁本はお取り替えいたします。